集英社オレンジ文庫

長崎・眼鏡橋の骨董店

店主は古き物たちの声を聞く

日高砂羽

本書は書き下ろしです。

Contents

第一話・顔のないマリア観音

足の裏がひどく冷たい。硬い何かを踏んで、結真《ゆま》はまっすぐに立つ。

周囲は無音だ。深い水底のような闇《やみ》の中、両手で胸を押さえる。

(熱か……)

燃えさかる炭を入れられたように胸の奥が熱い。心臓がずきずきと痛んだ。

(なんで……)

声が胸の内でこだまする。がらんどうのホールで跳ねかえる音のように響いて止まない。

(なんでこんな思いばせんばと)

自分の声が鎖になって手足を縛る。

「赦《ゆる》せない」

その声がはっきりと聞こえた直後、目が覚めた。黄ばんだ壁紙の天井から二重の輪になった蛍光灯が吊《つ》るされている。結真は深呼吸した。

(ここはわたしの家)

物心ついてからずっと住んできた長崎のアパート。東京の——毎日仕事を持ち帰っていたマンションのあの部屋じゃない。

言い聞かせてから、むくりと半身を起こす。日焼けした畳敷きの六畳の居間だ。中央に置いたこたつテーブルのそばでごろごろしていたら、いつのまにか寝ていたらしい。

額《ひたい》や腋《わき》がじっとりと汗ばんでいる。今まで炎の中にいたみたいに、身体《からだ》が火照《ほて》っている。

(またあの夢……)

長崎に帰ってから何度となく見る夢のあとは、いつも気怠《けだる》い。

結真は傍《かたわ》らを見た。すぐそばに、掌《てのひら》にのるほどの青磁《せいじ》の置物が転がっている。

マリア観音《かんのん》と呼ばれる像だ。江戸時代、キリスト教が禁制にされたのちも、長崎のキリシタンは隠れて信仰を守り、慈母観音という観音像を幼子を抱く聖母マリアに見立てて祈りの対象とした。

マリア観音を手にとり、しげしげと見る。観音像はゆったりした着物らしきものを着ており、下半身は立て膝《ひざ》の格好になっている。胸に抱いている細い目の赤子は愛らしさのかけらもないが、その子を見守る母の顔はない。

正確に言うと、首から上が割れてなくなっているのだ。

「この像、なんで顔のなかとやろう?」

自分の首をひねる。顔がない時点で、このマリア観音の骨董《こっとう》としての価値は損なわれているだろう。

けれど、結真は心を惹《ひ》かれてしまう。長崎に帰って、アパートの押入から見つけたとき、結真はこれを残して東京に出た自分を後悔した。そして、しばしば手にとるようになった。

今は、もう、この世にいない女《ひと》を思い出しながら――。

マリア観音の凹凸《おうとつ》をなぞってから、結真はため息をついた。それから、像を古びた巾着袋に入れ、手を伸ばしてテーブルに置く。

立ち上がってひとつ伸びをすると、ベランダに出た。傾きかけた夕陽の光が周囲の古めかしい民家に降り注いでいる。

夜景観光のスポットとして有名な稲佐山《いなさやま》の山裾《すそ》に広がっているのは、昔からの住宅地だ。結真が住むこのアパートも例外ではなく、うっすらと毛羽立つ畳や、レールが歪《ゆが》んでがたつく網戸、黄色く変色した襖《ふすま》など何もかもが古びている。

物干し竿《ざお》から吊るされているバスタオルをよけて、手すりに近づく。両肘《りょうひじ》を置いて、手すりにもたれる。

このアパートは、眺望だけは抜群だった。鶴《つる》の港とも呼ばれる長崎港が一望できる。

水色の春空の下、藍色の海は波ひとつなく穏やかに広がっている。手前には緑青《ろくしょう》色に塗《ぬ》られた三角屋根の工場が建ち並び、海を挟んだ岸壁には白いフェリーや作業船が係留されている。港の一角にある松《まつ》が枝埠頭《えふとう》には、日替わりで外国からの大型客船が停泊しているが、高層ビルなどろくにない長崎では、その客船が風景の主役になっていた。

圧倒的な存在感を放つ客船の向こうには、港に迫る山並みが屏風《びょうぶ》のように広がる。山頂近くまでびっしりと民家が貼りついた風景は、東京とはまるで違う。

(……帰って来ちゃった)

子どものころから毎日見た風景が、心の傷をずきずきとえぐる。

(帰るつもりじゃなかったのに)

手すりの上で組んだ手の上に顎《あご》を置く。

東京の大学に入る前、結真は清々《すがすが》しい気持ちでこの風景を見た。

（これでお別れ）

心の中で晴れがましくつぶやいたことを覚えている。

けれど、今、結真は打ちひしがれた気持ちでいるのだ。自分の心が一回りは小さくなったような気がする。

（帰って来ちゃいかんかったのに）

目を閉じて頭を傾け、頰《ほお》を手の甲につける。

高校時代、成績がよかった結真は、東京の大学に進学することを決めた。

反対する母とは何度も話し合った。

『長崎におればよかたい』

困惑顔の母は、娘が理解できないという本音を瞳に宿していた。

『わたしが勉強したか学部は、長崎にはなかもん』

澄《す》まし顔で答えたが、結真の本音は違うところにあった。

（東京に行けば、昔のこととはお別れたい）

同級生から父親が出奔《しゅっぽん》したことをいじられずに済む。近所の住人のなんともいえぬ同情の目からも逃れられる。

むしろ、それらに鈍感な母がおかしいと当時の結真は真剣に考えていた。

（狭い世界には、おりたくなか）

自分のことを誰も知らない場所に行きたかった。大学進学は、好機に思えた。

結局、折れたのは母だった。母は人がいい。それを理解しているから、結真は絶対に意見を変えなかったのだ。

大学在学中の四年間、結真は一度も長崎に帰らなかった。

アルバイトが忙しいと言えば、母は承知してくれた。

実際にアルバイトに明け暮れていたのだ。父がいないため、母からは学費と住居費のみ支援してもらうことにして、残りの生活費は奨学金と塾講師のバイトで稼いだのだった。

(それでも、学生のころはよかった)

講義とバイトに明け暮れて、ろくに休みもなかったが、日々の忙しさは充実感を与えてくれた。

しかし、就職したあと、結真の生活は一変した。

中堅のコンサルティング会社だったが、そこそこ名の知れた企業で、就活は成功したと思い込んでいた。けれど、働きだしてしばらくすると、そんな自信は砕《くだ》けてしまった。

市場調査の報告書と提案書の作成、顧客企業の調査と打ち合わせを連日こなした。どう考えても、新入社員が請《う》け負《お》う業務の量ではないと面食らったが、今までの誰もがこなしてきた仕事だと言われたら、黙るしかなかった。

『みんな、これくらいできるよ。いい大学出たんでしょ。その実力をちゃんと見せてよ』

必死だったが、ドラマのようにすぐに目覚ましい成果があげられるはずもない。

深夜までかかって作成した書類は、何度もやり直しを命じられた。

『こんなの、取引先に出したら笑われるでしょ』

『無駄な業務はするなよ。おまえ、本当に仕事できないな』

上司の叱責《しっせき》が耳にこだまする。

そのうち、出勤途中で吐き気やめまいに襲われるようになった。駅の階段の端で、胸を押さえて深呼吸したことが何度もある。

そうなると、頭の中がまったく整理できなくなった。叱責を受けるたびに、混乱する。何から手をつければいいかわからなくなり、トイレで吐いたことが何度もあった。

『おまえなんかいなくても、誰も困んねぇよ』

辞めると言ったときに投げつけられた言葉が甦《よみがえ》り、結真は口を手で覆って腰を折った。

海からの風が吹いてきた。

一陣の風が頬を撫《な》で、首の半ばまで伸びたショートボブの毛先がふわりと揺れる。

(大丈夫)

涙目で深呼吸を繰り返す。

(ここは長崎たい)

肩で息を繰り返す。

(東京はずっと遠かとやけん)

こんな弱った自分が情けない。

大学のときは、どんなにバイトをしても、成績上位陣の中にいた。

それなのに、仕事で成果をあげることはできなかった。

自分に対する怒りがマグマのように心の底を流れている。ときには、今のように表に出てきて、結真を混乱させるのだ。

自分自身が忌々《いまいま》しい。

深呼吸をしてから、目をこすった。

こうなったら、何も考えてはいけない。身体を動かして、気をまぎらわせるに限る。

結真は部屋に戻ると、洗濯かごをとってきた。ベランダに出て、乾いた洗濯物を乱暴に入れていく。それから、かごを持って部屋に入ると畳みだす。

母とふたり暮らしだから、洗濯物といっても大した量ではない。あっという間に終わらせて簞笥《たんす》にしまうと、夕飯の準備をする。

東京から戻って来て、しばらくしてから、家事は結真の担当になった。外で働く母が帰って来るのは、十九時を過ぎる。帰郷当初は夕飯も母に甘えていたが、疲れた様子の母を見て、自分が家事をすると申し出た。ずっと助けてもらうのが申し訳なく、役に立たないことがつらかったからだ。

冷蔵庫を開けて買いためている材料を確認し、メニューを決める。

（お母さん、ちゃんぽんでも作ればよかたいって言いよったなぁ）

材料は揃《そろ》っている。麵《めん》とスープに、キャベツともやしとにんじん。豚肉と、ピンクと緑のはんぺん。冷凍の海老《えび》もあったはずだ。

まずはキャベツを浅漬けにすることにした。ざく切りにしたキャベツと下味用の塩をボウルで合わせて、塩昆布《こんぶ》をまぜる。種をとって細かくきざんだ赤唐辛子と柚子《ゆず》の皮を和《あ》えると、タッパーに入れた。冷蔵庫に突っこんだら、次はちゃんぽんの準備だ。野菜の下ごしらえにとりかかる。

キャベツは食べやすいように一口大のざく切りにする。にんじんを薄い拍子木《ひょうしぎ》切りにしたら、もやしの根切りをする。

ひょろりとした根だけを折っていくのは、面倒といえば面倒な作業なのだが、無心になれるので嫌いではない。三角コーナーにたまった根とすっきりしたもやしを見比べて、密かに満足を覚えてから、残りの材料を処理する。

薄切りの豚肉を一口大に切ると、二色の色鮮やかなはんぺんも一口大に切る。ピンクと緑色に染められたはんぺんは、おでんに入れる白いはんぺんとは違う。長崎独特の練り製品で弾力があり、ちゃんぽんや皿うどんに彩りを加える。

肉とはんぺんを皿に用意すると、最後に海老の準備だ。流水で解凍したあと、殻を剝いて、背ワタを抜く。

下ごしらえがすべて済んだら、中華鍋を火にかけて油を投入し温める。ピチピチと音が出るのを聞いたら、肉から野菜と時間差で投入していく。

野菜はくたくたになるよりはシャキシャキ感を残したかったから、手早く炒《いた》め合わせると、後入れするために半分だけ取り出しておく。それから、鍋にスープを流し入れる。

市販の液体スープを使えばいいから、正直手抜き感はぬぐえないが、材料に何を使うかで風味が変わる。

（いかとかあさりとか入れてもおいしいんだよね）

と考えながら、コンロの火力を調整する。冷蔵庫に近寄ると扉を開けて、パックに入った鰺《あじ》の開きを取り出した。

『このみりん干し、おいしからしかよ』

近所からのもらいものらしいみりん干しをうれしそうに見せた母の顔を思い出し、結真はひとりで苦笑いを浮かべる。

（わたしは、お母さんには似とらんばい）

母はよくおすそ分けをもらってくる。

保険のセールスレディをしていて、どちらかといえば菓子折りや粗品をあげるほうだろうに、なぜかもらってくる側なのだ。

『これ、もろうたと』

と言いながら差し出されるのは、全国各地の土産物《みやげ》や物産展の食品、道の駅で売れ残ったという野菜やパンなど様々だ。

母はよほどプレゼントでもしたくなる顔をしているんだろうか。

この点に関しては、結真は母と全然違う。母のように出かけるたびに何かをもらうということもないし、母がまとうふんわりとした空気はない。

（……お父さん似やけんやろうか）

父親似だと教えてくれたのは、母だった。

『あんたはお父さんと似とる。しゅっとした顔ばしとるもん』

と言ったが、とうてい褒《ほ》められているとは思えなかった。

切れ長の目は、アイラインを引くとよけいに目元の冷たさが強調されてしまう。輪郭《りんかく》の線もシャープで、チークを入れないとあたたかみが欠片《かけら》もない顔つきになるのだ。

どうやら他人から見ると、結真はクールで冷めた人間に見えるらしい。それを聞いたときは、ひどく驚いた。実際の結真は、クールどころか真逆の性格なのだが。

「うわっ」

と思わず声をあげたのは、ちゃんぽんのスープが煮立ちはじめていたからで、あわてて火を小さくする。

ほっと息をついてから、鯵のみりん干しを魚焼きグリルの網に並べて焼く。

グリルのスイッチを回したところで、玄関のカギが開く音がした。扉を開けたのは、母だ。

「お帰り」

「あら、結真。ごはんば作ってくれよっと？」

「昨日も作ったたい」

「そうやけど……」

ちらりと自分を見る目が気遣わしげなのは、無視する。

「もうすぐできるけん」

「じゃあ、着替えとくけんね」

ぽっちゃりとした顔に穏やかな笑みを浮かべて、母は部屋に入る。襖が閉まる音を聞いてから、結真はため息をつく。

(そんな心配せんでよかとに)

東京にいたときは、確かに精神的に追い込まれていた。ＳＮＳでのやりとりで、母があわてて迎えに来るほどに。

(もう大丈夫とに)

唯一気になるのは、頻繁《ひんぱん》に見るようになったあの夢だ。

胸の内が焼かれたように熱くなる夢――あの夢が気になってならない。

炊飯器が微妙に音程のずれた音楽を奏でる。ごはんが炊《た》きあがったらしい。結真はその音に急かされるように仕上げをする。

焼き上がった鯵のみりん干しを取り出して長皿二枚にそれぞれのせる。

中華鍋に取り分けておいた野菜と麺を投入する。麺をほぐしながらスープをからめる。あっという間にスープを吸ってしまうから、麺を煮すぎないようにしないといけない。

麺がほどよく煮えてから、丼に取り分ける。麺を均等に分けてから具を高めに盛りつけ、スープをおたまで注ぐ。

「見た目はお店っぽい……」

市販のスープのおかげで、味にはずれはないはず。

トレーナーに着替えた母と手分けして居間に運ぶ。たいして見たくもないテレビをつけたのは、ふたりの時間が気まずいからだ。

「ちゃんとできとるたい」

「これくらいは作れますけど」

唇を尖《とが》らせてから箸《はし》をとる。さっそくちゃんぽんの麺を持ち上げるが、煮えかたはちょうどよい。

麺を口にすると、豚骨が強めのスープは野菜の甘みが溶け込んでいてまろやかに変化している。海老と豚肉の旨味《うまみ》もしっかり出ていて、我ながらきちんと仕上がったことに満足する。

「少しはうまくなっとるたい」

「そうやろ」

「楽かけん、結真にずっと夕飯は作ってもらわんば」

「んー、でも、もうそろそろ仕事探すけん」

なにげなく告げた決意に、母が心配そうに眉を寄せる。

「まだよかとよ、休んどって」

「そげんわけにもいかんって。奨学金も返さんばし」

こぼれそうなため息を、口に入れた鯵の身と一緒に飲み込む。母の言ったとおり、ふっくらとした身で甘すぎない味つけがおいしい。

けれど、どこか味気なく感じられるのは、奨学金の返済がさし当たっての問題だからだ。一月《ひと》当たりの金額はさほどではないが、期間の長さを考えると、気が重い。

「お母さんが返すけん」

「いいよ、東京に行ったのは、わたしのわがままなんやし」

鯵の身をむしることに夢中なフリをして、母の顔を見ないようにする。テレビの中から漏《も》れる笑い声がやたらと大きく聞こえる。

「……そういえばねぇ、結真。あんた、なんか変な夢ば見るって言いよったやろう?」

わざとらしい話題の転換に、結真も乗ることにした。東京のことを話題にされるよりも、はるかにましだ。

「うん、今日も見た」

「茜《あかね》のマリア観音ば手にしてからって言いよったよね?」

「そういえば、言ったね」

浅漬けを箸でつまんで、母を見つめる。

「なんで?」

「いや、本当にそうかもしれんって思って」

「は?」

怪訝《けげん》な顔の結真に、母が思いつめた表情をする。

「だってね。茜はあんなに若くて亡くなったやろ？　その……無念とかあるやろうなと思って」

結真は箸を止めて母を見つめた。

「あんな急な亡くなりかたしたら、心残りがあっても仕方なかやろう？」

「あの夢、茜ちゃんのせいで見よるとか思うとっと？」

「うん……その、ねぇ……」

「まさか」

結真はテーブルから床に移していた巾着袋を広げる。中から取り出したマリア観音をしげしげと見る。

「茜ちゃんのせいなわけなかたい。茜ちゃんなのに」

腹の底で小さな怒りがふつふつと泡立つ。

（お母さんの妹なのに）

そして、結真を誰よりもかわいがってくれた叔母だというのに。

若いころ、東京にいたという茜は、早くから長崎を出たいと言っていた結真の味方だった。

『姉さんが心配するとはわかるけど、結真ちゃんは外に出してやらんば。長崎しか知らんなんて、もったいなかよ』

結真たちのアパートに遊びに来るたびに、評判のパティスリーで買ったケーキをお土産に持って来る。美人ではないが、爪の先まで抜かりなく整えている茜は、結真にとって憧《あこが》れの対象だった。

『結真ちゃん、せっかく勉強のできるとやけん』

そう言って微笑《ほほえ》む茜は、誰よりも心強い味方に思えた。

だから、その茜が急な腹痛で病院に運ばれ、即入院となったときは耳を疑ったものだった。

『ガンやって』

独身の茜の身内として医者から病状を聞いた母は、がらんとした待機部屋で顔を覆った。

『どけん言えばよかとやろう』

力ない声で相談され、途方に暮れた。結真は高校生で、試験の点のとりかたは知っていても、余命半年をどう告げればよいかはわからなかった。

見舞いに行くたびに、もともと細身の茜がどんどん痩《や》せていくのは、もっと堪《こた》えた。頭に浮かぶ慰《なぐさ》めの言葉がどれも嘘《うそ》くさく思え、懸命に励ます母のそばで同意の笑みをなんとか浮かべるのがやっとだった。

『結真ちゃん、あたしはもうよかと』

ある日、茜が横たわるベッドの傍らで、彼女の望むままに聖書を読んでいたときだ。茜は透き通る目をして言った。

『もう覚悟はできとるけん』

『なんば言いよっと？』

　パイプ椅《い》子《す》に座っていた結真は、あわてて身を乗り出した。

『おかしかこと言わんで』

　血相を変える結真に、茜は静かな水面に波紋を広げるように笑みを浮かべた。

『ただひとつ心配かとは、結真ちゃんのことやね。将来、花嫁姿ば姉さんに見せてくれるとかしらん』

　冗談めかした一言が、なおさらつらかった。

『茜ちゃんが元気になって見ればよかたい』

　今思えば無神経に聞こえるが、あのときは必死だった。茜が手の届かない場所に行きそうで怖かった。

『……結真ちゃん、上から二番目の引き出しば開けて』

　まるで何も聞こえなかったかのように茜が言う。怪訝に思いながらも、茜の言うとおりにすると、朱色地に文様が織り込まれた着物生地の巾着袋が目に入った。

『その袋ば開けてみて』

　乞《こ》われるままに袋を開けると、入っていたのは、顔のない女の像だった。

『マリア観音？』

『結真ちゃん、そいば持っておいて』

茜の頼みに、結真は目を丸くした。

『こいば？』

『うん、持っておいて。苦しかときにずっと助けてもろうたけん、結真ちゃんに持っておいてほしかと』

茜の一言に、結真は顔のないマリア観音を見つめる。どんな表情をしていたのかもわからない像に、どうやって助けてもらったというのだろう。

とはいっても、死を間際にした茜の頼みを拒否するなんて考えられなかった。

『大事にするね』

そう告げると、茜は満足したようにうなずき、それから目を閉じた。思いも感情もすべて隠してしまうかのように――。

「茜ちゃん怒っとるとかもしれんね。大事にするって約束したのに、このマリア観音ば置いていったけん」

東京に出るとき、結真はこのマリア観音をアパートに置いていったのだ。荷物を少しでも減らすため、大事だからこそよけいに持っていけない、とか様々な理由をつけたが、つまりは新しい人生から悲しい思い出を排除したかったにすぎない。

「茜ちゃんが怒っても、仕方なかたい」

結局、結真は新しい人生のレールに乗りそこねた。東京でうまくいかなくなって、帰って来た。東京に行けと励まし、マリア観音を託してくれた茜を裏切ったのだ。夢は茜の怒りのあらわれなのかもしれない。

「……手放したほうがよかとじゃなかと?」

おずおずと差し出された提案に、結真は眉を吊り上げる。

「そげんことできるわけなかたい。茜ちゃんの形見なのに」

母の目から隠すように袋にしまう。東京から帰って来て、荷物を押入に仕舞い込んでいたとき。これを見つけて、結真は茜を思い出した。東京で仕事をしていたころは、茜のこともマリア観音のことも忘れていたのだ。薄情な自分を結真は責めた。夢を見始めたのはそれからだった。

「……その夢、相談してみらん?」

「誰に?」

「骨董屋さんに」

「はぁ?」

ますますわけがわからず、ほとんど怒りに近い声を出してしまう。

「お母さんの知り合いの骨董屋さんがね。古か物にまつわる問題ば解決してくれるとって」

「古か物にまつわる問題って何?」

「それがね。古か物って、悪さばすることのあるらしかとよ。それば解決してくれるって」

「解決してもらわんでよか」

結真は即答すると、冷えたごはんを口に押し込む。うさんくさくてたまらない。

「行ってみらんね」

「嫌ばい、そげんとこ行かん」

鯵の身を骨からそぐことに集中する。そんな怪しい骨董屋に一歩でも足を踏み入れたら、バカ高い壺などを売りつけられるに決まっている。

「でも、もうお母さん約束したもん」

「は⁉」

返事が荒ぶるのは仕方ないだろう。

「約束ってなん⁉」

「だって、結真が変な夢ば見るって言いよったやろう。それも、茜のマリア観音ば手にするようになってからって……。その話ばしたら、相談にのりますよって」

「勝手に約束せんでよ！」

結真は怒りとともに身を乗り出した。

「絶対に行かんけんね」

「結真、その骨董屋さん、お母さんのお客さんやけん」

結真は右頬がぴくっとひきつるのを感じた。お客さんということは、結真が食べているこの食事の出所になるということだ。

(嘘やろ……)

母の客ならば無下《むげ》にできない。世の中、持ちつ持たれつということくらいわかっている。

（いやいやいやいや……）

だからといって、母が勝手にした約束の尻拭《しりぬぐ》いなどしたくない。

「わたし、行かんけん」

母に対する申し訳なさは置いといて、結真は今回だけは拒否することにした。よく知らない骨董屋に個人的なことを相談するのは、抵抗がある。

「結真、行かんね」

鯵をむしりながら唇の端を引き結ぶ。結真に、母は追い打ちをかけてきた。

「嫌って」

「行きなさい」

「だから、行かんって」

「行かんねって言いよるたい！」

明らかに声の調子が変わり、結真は母を見つめた。

「お母さんは、あんたが心配でたまらんとやけん！」

丸っこい頬が強ばり、目の端が吊り上がっている。結真は呆気《あっけ》にとられて口を開けた。

（まさかの逆ギレ……）

母が怒るのはおかしいだろう。怒っていいのは、自分のほうなのに。

しかし、こうなると、母の主張はより強固になると経験していた。

（東京に来たときもこうやったし……）

『結真、長崎に帰るよ』

三カ月ほど前の夜、マンションの出入り口に母が立っているのを見つけたとき、幻覚かと思った。あとで確認したところ、SNSで仕事がうまくいかないことを夜中に送ったことで、母は娘の異常を感知したらしい。

『いきなり、なんば言いよっと？』

母相手だと久しぶりの長崎弁がスラスラと出てくる。

『帰れるわけなかたい』

『とにかく帰るよ、結真』

母の目は、マンションのエントランスから漏れる明かりのせいかギラギラと光っていた。薄気味悪いほどに迫力のある目を見ながら、結真は肩からずり落ちかけたやたらと重いエディターズ・バッグを肩にかけなおす。

『無理って――』

『お母さんはね、あんたまで失うわけにはいかんとやけん！』

母の叫びに、結真は喉《のど》を詰まらせる。父に去られた母の本音に、圧倒される。

翌日、結真は母に強引に連れられて長崎に帰ったのだ。退職の連絡を電話一本でするという非常識をしてしまったのは、痛恨ではあったが。

「あんときと同じ……」

「とにかく行きなさい。もう約束したとやけん」

母は言うだけ言うと、箸を動かしだす。

もうこうなったら承諾するしかなかった。

「……わかった」

「その骨董屋さんね。すごいかっこよかやけん」

「あっ、そう」

結真はあきらめてちゃんぽんの麵を持ち上げる。

（ちゃんぽん作らんちゃよかった）

口論の間に、麵はスープを吸って伸びきっている。

せめて味にパンチを効かせようとテーブルに置いていた胡椒《こしょう》をちゃんぽんに振りかける。

ピリッとした辛みが加わったスープを頼りに、麵と野菜を無心で頰張った。

約束した期日は、話をした日の翌々日の十四時だった。

当日、結真は朝からやる気なく、布団の上でスマートフォンをいじりながらゴロゴロしていた。

（行きたくない、行きたくない、行きたくない……）

うつ伏せになり、肘で身体を支えると、スマートフォンを放り捨てて、枕元のマリア観音を手にする。

（行きたくない、行きたくない、行きたくない……）

でも、今日も夢を見た。冷たい足の裏と熱い心臓。目が覚めると、気怠かった。

「茜ちゃん、なんか伝えたかと？」

顔のないマリア観音に話しかける。もしも、このマリア観音に顔があれば、その顔から様々な答えを類推したことだろう。しかし、どんな顔をしているかわからない像からは、なんの返答も得られない。

「……行ってみるか」

母が勝手にした約束ではあるが、約束は約束だ。

（怪しい人やったら、途中で帰ればよか）

気合いを入れて起きると、身だしなみを整えることにする。

Vネックの薄手のニットにワイドパンツを着てから、化粧を始めることにするが、洗面台ですぐに問題に気づいた。

（睫毛《まつげ》、足りん）

東京から帰って来て、引きこもっているうちに、エクステしていた睫毛はすっかり元通りになってしまった。

「仕事の面接前に、エクステ行かんと」

なによりも重要なことに今さら気づいたが、もう遅い。

ビューラーで自睫毛を持ち上げると、マスカラを塗って、なんとか見られるようにする。

（ああ、最悪）

髪もそろえたいし、色も入れたい。

出かける前にさらに気が重くなりながら、結真は化粧を終えると、ロングカーディガンを羽織って、バッグを用意する。

小さめのショルダーバッグの中身を確認すると肩からかけ、巾着に収納したマリア観音をトートバッグに入れる。

準備が整ったら、アパートを出た。

(暖かくなったなぁ)

アパートの近くにある小さな公園の周囲には桜の木が植えてあった。よく見ると、ちらほらと花が咲いている。

(いいかげん、仕事見つけなきゃ)

外にでるのは久しぶりだが、結真がアパートに閉じこもっていた間に冬は終わったのだ。時間はどんどん過ぎていく。もう春になってしまった。

(現実に戻らないと)

はぁと息をついてから、結真はスニーカーを踏み出す。

結真の住んでいるアパートは、稲佐山の山裾の住宅地にあるが、ここは車も入らない細い坂道と階段の先にあった。大通りに出るためには、足を頼りに歩くしかない。

夜間でも見えるようにと白い線で縁取られた階段をひたすら下りていく。道は複雑に交差していて、来訪者は迷子になるらしい。

通行人のいない階段の下から尾の曲がった猫が歩いてくる。白に茶のぶち猫だ。結真の数歩前で立ち止まると、じっと見上げてきた。

「なんね、餌《えさ》は持っとらんとよ」

結真はそっと近づくと、しゃがんで目を合わせた。猫は逃げることもなく、結真を眺めている。

「いっちょん怖がらんね」

そっと手を伸ばして頭を撫でる。猫は気持ちよさそうに目を閉じる。

（そういえば、東京では猫見ることもなかったかも）

見たとしても、きっと通りすぎたはずだ。働いている間、結真の頭の中は常に今やらなければならない仕事と次にやらなければならない仕事でいっぱいだったから。

けれども、自分の仕事に誰も満足してくれなかった。

上司と先輩がつける不可の評価は、いじめにしか思えなかった。

頭を撫でられる猫が喉を鳴らしだす。

「あんた、どこでごはん食べよっと？」

猫にたずねてみるが、答えるはずもない。

ずっとこうしているわけにもいかず、結真は撫でるのをやめると立ち上がる。猫が大きな目を開けて、結真を見る。なんでやめるのと訊《き》くように。

「じゃあ、行くね」

結真は猫に手を振ると歩きだす。

階段を下りれば、銀行や郵便局が並ぶ通りに出る。

(お店は眼鏡橋《めがねばし》のそばだって言ってたなぁ)

骨董屋は眼鏡橋のすぐ近くだと母が教えてくれた。

眼鏡橋は日本最古のアーチ式石橋として長崎の観光地案内には必ず掲載されているが、こぢんまりとした佇《たたず》まいをしている上、周囲に溶け込んでいるせいか、まったくすごさを感じさせない橋でもある。

『眼鏡橋まで行けば、すぐにわかるけん』

と言っていたが、本当だろうか。

母は道案内が下手で、聞いた時間が無駄だったというような曖昧《あいまい》な説明しかしてくれない。

(バスに乗ればいいとけど……)

時間にはまだ余裕があった。目の前の海は陽光を受けてきらめいている。

(ちょっと歩くか)

車が激しく行き交う大通りを渡り、船が係留されている岸壁を歩く。

海はあくまで穏やかで、波が岸壁をちゃぷちゃぷと洗っている。

人はほとんどいない。平日の昼間だから、当たり前かもしれないが。

(いいなぁ、このまま散歩で終わらせようかな)

仕事を辞めて長崎に帰ってから、外出する気力を失っていた。知り合いに姿を見られるのが嫌だったのも理由だ。

仕事をこなせなくて、東京から負けて帰って来たのが情けなくて、誰にも見られたくなかった。

そうしているうちに、冬が過ぎた。

こうやって外に出るのはいいことだと自分に言い聞かせる。そうでないと、本当の引きこもりになりそうな危惧《きぐ》があった。

潮《しお》の香りがかすかにする中、稲佐橋《いなさばし》を渡る。久しぶりついでに、路面電車に乗ろうと決めた。

(お母さん、カード貸してくれたし)

電車とバス共通で支払いに使える長崎だけの電子マネーカードがあるのだ。それを使えばいい。

ちんちん電車とも呼ばれる長崎名物の電車が走る大通りは、車がひっきりなしに行き交っている。バスやトラックや様々な形の車が混在し、競い合うように走る姿は忙《せわ》しない。

そんな喧噪《けんそう》などまったく別世界であるかのように、路面電車がのんびりと進んでくる。

電車の軌道を車が邪魔するのはご法度《はっと》で、そんなことをしようものなら親の仇《かたき》のように警笛を鳴らされる。というわけで、どんなにゆっくり走ろうと、電車の通行を邪魔する車はめったにあらわれない。

（マイペースでうらやましいなぁ）

高層ホテルの前にある宝町《たからまち》電停から電車に乗ると、幸い空《す》いていた。結真が座ると、電車は計ったかのように走りだした。

車がどんどん追い越していくのが車内から見える。先へ先へと急ぐ車は、東京の通勤時を思い出させた。みな一歩でも先を行こうと早足で、最初に東京に住みだしたときは、全然なじめないと思ったものだ。

電車はのんびりと進んでいく。自分は自分と言いたげに軌道を行く電車の振動に揺られながら、結真は目を閉じた。

（きっと長崎に帰って来てよかったとよ）

東京の電車や地下鉄はこんなにのんびり走らない。どれもあっという間に速度をあげて、一秒を惜しむように突き進む。

ある日、仕事の帰りに猛スピードで駅に向かってくる電車を見たとき、結真は明かりに群がる蛾《が》のようにふらふらと引き寄せられかけた。

（あれに飛び込んだら、楽になれるだろうな）

そう考えたのだ。今、思い出すとぞっとするが、あのときは真剣だった。

こちらに向かってくる電車は、確実に殺してくれそうな力を秘めていた。一刻も早くこの世を去りたいと望む人なら、飛び込んでしまいたいと願うのも当然だろうと思うほど魅力的だった。

止まった電車が走りだす。電車は長崎駅前の電停を過ぎたところだった。

（まだ、ここ）

先ほどの電停からやっと二カ所目の電停だ。こんなにノロノロ走る路面電車には、飛び込もうという気にすらならない。

平日の午後の電車は空いていて、あくびをしたくなるような、のんびりとした空気が漂っている。市内中心部の西浜町《にしはまのまち》で降りれば、あとは徒歩十分だ。

「どうしようかな」

スマートフォンを眺める。時刻は十三時二十分。このままだと約束の時間には早すぎる。

「どっかでコーヒーでも飲むかぁ」

観光地である眼鏡橋の近辺はカフェが多い。時間をつぶすには困らない。

（そういえば、その骨董屋はカフェ併設なんだっけ）

ネットで店名を打ち込んで、すでに調査済みだ。骨董屋が怪しげな悩み相談をやっているなんて裏情報は一切見当たらなかったが、カフェ併設ということは記載されていた。

「ランチがおいしいです」とか「居心地いいですよ～」など牧歌的な調子で情報が書かれていたのだが。

（いや、行かんほうがよか）

そもそも行きたくない骨董店の併設カフェに行くなんて、蟻地獄《ありじごく》に自《みずか》らはまりにいく蟻のようなものだろう。

ている。
風が吹くたびに、遊歩道に植えられた柳の淡い緑の葉先が石敷きの道をやさしくこすっ
ているから、暇つぶしの散歩も悪くはないだろう。
とやけっぱちなプランを立てる。眼鏡橋がかかる中島川《なかしまがわ》沿いは遊歩道のように整備され
（そこらへんをぐるぐるしておくか）

平日にもかかわらず、川沿いには観光客らしき姿があった。川面を見れば、飛び石を渡りながら、賑《にぎ》やかな笑い声をあげる数人の女子の姿がある。結真と同じくらいの歳《とし》だから、大学の卒業旅行かもしれない。

（いいなぁ）

結真も一年前はあんな感じだった。就職が決まり、将来に夢と希望を抱きながら友達と自由に遊べるひと時を心ゆくまで楽しもうと考えていた。

（それがまさかこうなるなんて……）

眺めていると余計に凹むから、結真は気をまぎらわそうと周囲を見渡す。

眼鏡橋のたもとには、中島川公園という名のちょっとした広場があった。ベンチがあり、休憩できるようになっている。

そこには、長崎名物のチリンチリンアイスの屋台があった。

懐かしさが込み上げて、思わず近寄ってしまう。

（お父さんに買ってもらったな）

結真がまだ小学生で、無邪気で、父が大好きだったころだ。

買い物しようと繁華街に連れて行ってくれたとき、買ってくれたのだ。

『お母さんには、内緒ぞ』

そう言われると、なぜだかうれしさが倍増して、アイスが本当においしく感じられたものだ。

秘密を誰かと共有するという背徳感を伴《ともな》った楽しみを教わったのは、それが初めてだった。

思い出に引きずられるように屋台の斜め前につい立ってしまう。アイスを注文する場所だ。

おばちゃんというよりおばあさんと呼びかけたくなるような売り子さんと目が合う。

「いくつね」

「えっと、ひとつください」

と言いながら結真は長財布を取り出して中を開ける。そこで固まった。

（小銭……ない……）

チリンチリンアイスは百五十円。しかし、百円はおろか五百円すらない。というか、小銭が一円玉ひとつしかない。

せめて千円札があればと紙幣《しへい》を確認して、げっと声を出しかける。一万円札しかなかった。

（うっそ――――！）

長崎の人間の常識だ。チリンチリンアイスを買うときには、できるだけ小銭を用意しなければならない。おつりが不足する場合があるからだ。

待ちの姿勢の相手を見ると、何も買わないのが申し訳なくなった。イチかバチかたずねてみる。

「あの、一万円札からおつりありますか？」

「あら、あったかねぇ。さっき、太かお金にお釣りば出したけん」

「うわ、それは……」

おばあさんがオロオロとしながらお釣り銭の入っていると思《おぼ》しき袋を確認する。結真も小銭がないか財布とバッグを確認する。

ふたりして変な体操でもするかのようにあわてふためいていると、結真の背後から手がぬっと伸びてきた。それから、気づいて伸ばしたおばあさんの手に百五十円をのせる。

えっと振り返る間もなく、結真よりも頭ひとつ半は背が高い青年が並んでくると、おばあさんに笑いかけた。

「これで」

「あら、司《つかさ》ちゃん。よかと？」

「はい」

結真は気負いなく答えた青年を見上げた。

二十歳《はたち》後半らしい落ち着きに満ちた青年だ。やわらかく波打つ薄茶色の髪は頰を覆っていて、目元に淡い影を落としている。奥二重の目と理想的な曲線を描く鼻筋。全体的にはやさしげな顔立ちで、おっとりとした雰囲気を漂わせている。

皺《しわ》のない白いシャツとダークブラウンのボトムというシンプル極まりない服装だが、それがかえって彼の姿のよさを引き立てていた。

(わー、きれいか顔……)

思わずしげしげと見てしまった。落としたら壊れてしまいそうなガラス細工を思わせる繊細な容貌《ようぼう》だ。

「はい、どうぞ」

おばあさんにアイスを手渡されて、ハッとした。

(知らん人に奢《おご》ってもらうわけには……)

結真は眼鏡橋を渡ろうとする彼を追いかける。

「あの、これ」

振り返った彼は、きょとんと目を丸くする。

「知らない人に奢ってもらうわけには……」

「君、観光客?」

首を傾げた結真に、青年が苦笑いを浮かべる。

「早く食べないと、そのアイス溶けるよ」

え、とアイスのコーンを見ると、溶け始めたアイスの液が一筋流れかけている。

「うわっ」

結真があわてて溶けた部分を舐めている間に、青年は橋を渡ってしまう。

（どうしよう）

とはいっても、こうなったら食べるしかない。近くのベンチに座ると、アイスにかぶりつく。

アイスとシャーベットの中間のような爽《さわ》やかな甘さが特徴だ。ほんのりとミルクの風味があり、口に入れるとさっと溶ける。さっぱりとした後口《あとくち》のアイスは懐かしい味がする。

『早《はよ》う食べんば、溶けるぞ』

一口一口、大切に食べていたら、父からそう言われた。

チリンチリンアイスはシャーベット状のせいか、溶けるのが早い。食べきるのが先か、溶けるのが先か、競争のようになる。

父の言葉を契機に、走る勢いでアイスを食べていると、まるで褒めるように大きな手で頭を撫でられて、くすぐったかった。

父が出奔したのは、そのあとだ。ある日を境に帰って来なくなった父は、母に離婚届を郵送して、家族の関係を一方的に終わらせた。

（うん、おいしい）

チリンチリンアイスは昔と変わらない味がする。それは、胸底に眠っていた過去の思い出を揺り起こす。

コーンまで食べきってから、結真は持ち手の紙をくしゃりとつぶした。ポケットに無造作に入れてから、スマートフォンを取り出す。

十三時五十分。頃合いだろう。

「よし、行くか」

立ち上がると、眼鏡橋を渡ろうとする――が、周囲には観光客がおり、盛んに写真を撮っているので、邪魔しないように通らないといけない。

思い思いの場所で写真を撮る人を避けて橋を通る。真ん中のあたりでふと足を止めた。

石敷きの橋は、いかにも年季が入っており、膝までの高さの欄干《らんかん》には緑青色の斑点のようなものが浮いている。

欄干の低い橋の上は風がよく通った。ふわりと髪が揺れる。

少し離れた隣の橋から眼鏡橋にカメラを向ける人が見えて、結真は小走りで橋を渡った。距離を置かないと眼鏡橋は眼鏡の形に写らないから、橋の周囲にも全景を写そうとする観光客がいるのだ。

橋の前の横断歩道を渡ると、電柱に川端《かわばた》通りという案内表示がある。

(これが目印ってお母さんは言いよったけど)

車一台半ほどの通りの突き当たりには寺が見えるが、ろくに進まないうちに目当ての店が見えた。

落ち着いた琥珀《こはく》色の外壁には『一古堂《ひとふるどう》』という小ぶりな看板がかかっている。扉がふたつ並んでいる。右手の扉はどうやらカフェに通じているらしい。大きな窓からはカウンターが見える。

窓の外には目隠しのように木を植えた鉢が置かれていて、人通りはあっても、中に入ればば居心地はよさそうだ。

もうひとつの扉側には窓がない。

（ここが一古堂かぁ）

結真が行けと言われていた骨董店である。

（けっこう昔からあるお店らしかけど）

ネットの情報では、一年ほど前に改装して骨董カフェにしたのだと書いてあった。

（うーん、どうしよう）

スマートフォンを取り出すと、十三時五十五分。もう入ったほうがいい。

ショルダーバッグにスマートフォンをしまってから、静かに気合いを入れ直して扉を開ける。

オレンジ色の暖かな光に照らされて、違い棚に品よく置かれた皿やガラスの器《うつわ》が見えた。

「すみません」

おそるおそる声をかけると、奥にかけられた目隠し用の暖簾《のれん》から人が出て来た。

「はい？」

と言いながらあらわれた青年を見て、結真は呆気にとられた。

(うわ、さっきの人やん)

あのちりんちりんアイスを奢ってくれた青年だ。

「最悪……」

「は?」

「い、いえ……」

頬を引きつらせつつお礼を言う。

「さっきはすみません、そのアイス……」

「ああ、食べたそうだったから」

まじですか、と訊きたくなった。

(どんだけいやしい顔しとったと……)

本気で恥ずかしかった。穴を掘って隠れたいくらいだ。

床は土間のように仕立てているから、掘れるかもしれない。

(や、無理やろうけど)

「おいしいよね、ちりんちりんアイス」

笑いながら言われて、結真はかろうじて笑みを浮かべる。

「おいしいですね、とっても」

「だから、食べたくなる気持ちわかるよ」

「そうですか……」

百五十円出してあげなきゃという顔をしていたらしい自分が恥ずかしいから、もうこの話題を打ち切りたかった。

「あの、わたし、約束していた橋口《はしぐち》です」

「はい、いらっしゃい」

「はぁ……」

青年はまだ口元に笑みをたたえている。もうどうにでもなれという気持ちになってきた。

「その、母から話は聞いていると思うんですけど」

「奥で話そうか」

青年が向けた顔の先には、カフェに通じる扉が開けっぱなしになっている。

(あ、こういう構造……)

カフェと骨董店は壁一枚隔《へだ》ててあって、間に通じる扉を通って自由に行き来できるようになっている。ここで立ち話だと、カフェの客に内容がダダ漏れだろう。

青年の後ろを追って暖簾をくぐると、うなぎの寝床のような小部屋があった。

片方の壁際には事務机とパソコンがある。机の奥には棚があって、木の箱が並んでいる。

真ん中の通路を挟んで、畳の小上がりがあった。小上がりに置かれた小さな丸テーブルは骨董店に備えられているものらしく古そうだが、しっかり磨かれたような艶《つや》があった。

「あがって待っててもらえるかな」

「はぁ」

スニーカーを脱いで、丸テーブルの前に用意された座布団に座る。

狭い空間だが、茶室のようで妙に落ち着く。

出て行った青年は、すぐに戻って来た。盆を抱えている。

「お茶でいいかな」

「お、おかまいなく」

たとえ望んでいなくても、相談に来たのは結真のほうだ。それなのに、お茶まで出してもらう必要はない。

「いや、お客さんだから」

お客さんか？　と疑問を抱いたが、どんな形でも彼にとっては、お客さんなのかもしれない。

目の前に置かれたのは、口が広がった湯のみ。すっきりとした白地に描かれた藍色の若葉が鮮やかだ。そばに置かれたこぶりな皿には淡緑色と薄桃色の砂糖菓子が入っている。

砂糖菓子を手にして目の高さに持ち上げる。盆に供える落雁《らくがん》のようだが、親指と人差し指でつまめるほどの大きさで、尾の曲がった猫の形をしている。

「これ、口砂香《こうさこう》ですか？」

「そうだよ。食べたことある？」

「ないです」

口砂香は長崎の伝統菓子だ。うるち米を煎《い》った粉と砂糖をまぜて型打ちした干菓子である。

「口砂香と落雁の違いってわかる？」

「わかんないです」

「落雁はもち米を炒って粉にしたものを使う。だから、食感が口砂香より重い」

「そうなんですね」

「食べていいよ」

言われて、なんとなく気恥ずかしくなった。よっぽどひもじそうな顔でもしているのだろうか。

頬が熱くなっているのを自覚しながら、軽く頭を下げた。

「いただきます」

一口嚙《か》んで口に含む。少し嚙むとほんのり香ばしい。ほろほろと崩れたあとは、口内でさらりと溶けていく。

「甘いです」

「まあ、砂糖だから」

青年はにこにこ笑いながら靴を脱いで対面に座った。結真は残りの口砂香も口に入れて、軽くうつむく。

（気まずい……）

かっこいいがよく知らない、という男を前にして、ひとりだけ物を食べているという状況が落ち着かない。

場繋《つな》ぎにお茶を飲んだが、爽やかな渋みとほのかな甘みが口砂香を洗い流して、ちょっとした感動を覚える。

「おいしいです」

「そのお茶、口砂香とあうから」

「そうですか。すごい」

それから、会話が途切れてしまう。

(まずい)

どう切り出せばいいのだ、あのマリア観音のことを。

「そういえば、僕の名前、知ってる?」

「いえ、お店の名前しか聞いてなくて……」

言うと、彼は小上がりを降りて、パソコンのある机に向かった。それから、すぐに戻ってくる。

「どうぞ」

両手で受け取って礼を言う。

「ありがとうございます」

名刺には『一古堂』という店の名前と店主・瀬戸《せと》司という名前が書いてある。

「ご店主ですか？」

「うん。あんまり信じてもらえないけど」

「もしかして、若いからですか？」

「そう。若い骨董屋って、こいつ大丈夫かなって思われるみたいだね」

「そうですか……」

わかるような、わからないような、というどっちつかずの気分になるのは、骨董に縁遠かったせいだろう。

「お母さんからは一応話を聞いているんだけど」

「あ、はい」

結真はそばに置いていたトートバッグから袋を取り出した。テーブルにのせると、白い手袋をつけた司が袋をあける。

中からそっと取り出された『マリア観音』を見て、結真は無意識に唇をきゅっと結んだ。

「……マリア観音だね」

「よくわかりますね」

「まあね」

司は像を動かしながら底を見たり、背中を眺めたりしている。

どきどきしながら彼の動作を見つめた。

「よくあるタイプのものだね。中国で焼かれた青磁だ」

「中国で作られたものなんですか?」

「観音菩薩《ぼさつ》は、元は男だったけど、中国に渡ったときに女になったから」

「へぇ、そうなんですか」

江戸時代、長崎は中国とも交易をしていたから、その縁で運ばれたのだろうか。

ぼんやり考えていると、司は観音を両手で支えて向き合っていた。

「橋口さんは、このマリア観音のせいで変な夢を見始めたと思ってる?」

「……かなぁと」

「その夢はどんな夢?」

「えっと、足元が氷を踏んでいるみたいに冷たいのに、胸がすごく熱くなるんです。その差が激しくて、いつもなんでかなって思います」

緊張で喉が渇いてきて、お茶を口に含む。

司は結真をじっと見ている。

「あの、訊いていいですか?」

「はい?」

「どうやって古い物にまつわる問題を解決するんですか?」

母から説明を聞いたあと、結真が疑問に思っていたことだ。

古い物にまつわる問題を解決するとはいっても、その手段がわからない。だから、なんだかうさんくさいと感じてしまう。

「……僕は古物の声が聞こえるんだ」

司は微笑をたたえて言う。彼の虹彩《こうさい》が琥珀のように透き通っている。

「声、ですか？」

戸惑いしかない。ふつうそうに見えるのに、始終幻聴が聞こえる人なのだろうか。

「今の持ち主と昔の持ち主の想いが重なったとき、古い物は語りだすときがある。僕に聞こえるのは、そのときの声だ」

「今と昔の持ち主の想いが重なったとき……」

「このマリア観音は、赦せない、と言ってるよ」

告げられて、結真は心臓を殴られたような衝撃を受けた。それは夢で聞こえてくる言葉だった。

「……そうなんですか？」

「心当たりはある？」

問われて、喉を鳴らす。マリア観音が告げる「赦せない」は結真が放置しておいたことに対してとしか思えない。

「わたしが、大事にしなかったから？」

「どうだろうね」

司の目にとらえられるのがつらい。彼の透き通った瞳は、心の奥すら見透かしてしまいそうだ。

「このマリア観音、処分する?」

「それは嫌です。大切な人の形見だから」

結真が即答すると、司はまじめな顔で結真とマリア観音を見比べた。

「じゃあ、調べないとね。なぜ語るのか」

「はあ……」

「そうでないと、マリア観音はずっと語るよ」

ずっと夢を見るよ、と言われているような気がする。

「……はい」

「以前、これを持っていたのは誰かな」

「茜ちゃん……わたしの叔母です」

「叔母さんか。じゃあ、その叔母さんのことをできれば知りたいんだけど」

「もう亡くなっているんです。遺品は実家にありますけど……」

「じゃあ、ご実家に行くことはできる?」

「たぶん大丈夫です」

と答えながら、だんだん不安になってきた。

彼の言うとおりにしていいのだろうか。

「あの……それで、本当にわかります?」

「もちろん、とは言いがたい」

「はい？」

「古い物が語るのは、今の持ち主と昔の持ち主の想いが重なったときだ。だから、本当の答えは橋口さんの中にあるんだよ」

「え……」

結真は膝の上に置いた手を強く握る。あの夢の答えは自分の中にある、と言われて、心臓が大きく鳴る。

「そう、ですか？」

胸の中がもやもやする。知りたいような気がする。でも、同時に答えなど永遠に遠ざけておきたいような気もする。

「そういえば、叔母さんのご実家はどこかな」

何事もないようにたずねられ、結真は揺れ動く心を抑えつけて答える。

「外海《そとめ》です。詳しく言えば、出津《しつ》になるんですけど」

「『沈黙』の舞台だね」

「そうですね」

外海は遠藤周作《えんどうしゆうさく》の『沈黙』の舞台になったところ。江戸時代、キリシタンが潜伏していたという土地だ。母と茜はそこの出身だった。

「じゃあ、来週行こうか」

「はあ……え、一緒に行くんですか？」

「うん」

　真顔でうなずかれて、困った。

「あ、いえ、遠いし……」

「遠いから、送るよ」

　にこにこしながら当然のように言われて、さらに困った。

（ど、どうしよう）

　親切なのか、それも骨董屋の仕事だからか。

「僕と行きたくないなら……どうしようか」

「行きたくないわけじゃないんですがっ」

「来週の月曜日なら空いてる。定休日だから」

「月曜日ですか。わたしも……平日のほうがいいですけど」

「じゃあ、その日で」

　話をまとめられて、結真は眉尻を下げる。

（本当にいいのかな、これで）

　断るなら今のうち、そんな気もする。

（断って、どうする？）

　たぶん何も変わらない。きっと、家の中でうだうだと悩むだけだ。

　だったら、司が同行すると言ってくれているうちに、一緒に行ったほうがいいかもしれない。自分の中の靄《もや》を振り払うためにも。

結真は背筋に力を入れて、彼を見据《す》える。

「よろしくお願いします」

頭を小さく下げると、彼が手を伸ばしてきた。ただの握手のつもりだったのに、想像以上に強い力で握られる。味方だと告げるような手を結真はそっと握り返した。


翌週の月曜日。結真は鏡と対峙《たいじ》して、身だしなみの最終チェックをしていた。

「完璧、のはず」

睫毛のエクステもしたし、髪もきちんと整えた。むろん化粧も隙《すき》なくしたつもりだ。

（これは、礼儀みたいなものだから）

別に可愛《かわい》くなりたいわけではない。どんなにいじったとしても、並のレベルの自分の顔が劇的に変化するわけではないからだ。

（でもさ、あんまり変だとさ、瀬戸さんに申し訳ないよね）

だから、ちょっと見栄えをよくしただけだ。

鏡の向こうの自分に対して言い訳を盛大にぶちまけてから、結真は居間へ戻った。テーブルに置いていた、マリア観音を手にする。

司と会ってからも、夢は見続けている。胸の内にこびりついた染みがどんどん広がっていくようだった。

（なんなんやろ、これ）

向き合わないといけないのだ、きっと。そんな気がする。

「よし、行こう」

待ち合わせは十二時だった。そのため、朝食兼昼食はすでに済ませている。

（遠いんだよね、外海）

長崎市内から車で約一時間。バスだともう少しかかる上に、一時間に一本しか走っていない。家に車はないから、司が送ると言ってくれたのは、正直ありがたい。

貴重品の入ったショルダーバッグを肩からかけて、マリア観音の入った巾着袋入りのトートバッグと母の実家に渡す手みやげのカステラ入りの紙袋を手にした。

アパートを出て、空を見上げる。灰色の雲が一面空にかかっているが、午後からは回復すると天気予報では言っていた。

待ち合わせの場所に向かう途中、また猫と会った。

尾の曲がったぶち猫は、この間と同じく結真の数歩先で足を止めた。

「今日は、急いどっとよ」

猫は結真の話を聞いているのかいないのか、ごろりと寝ころぶ。甘えのにじむ姿勢に、ときめいてしまう。

（やばい、可愛い）

撫で回してやりたい。アパート住まいでペット厳禁だったために、時折お目にかかる猫たちが無性に愛らしく見えるのだ。しかし、ここで猫と戯《たわむ》れている暇はない。

「ごめんね、先、行かんばけん」

結真は猫の脇を通り抜ける。長々と続く階段を下りきり、銀行のある通りに出ると、道端に教えられたとおりの銀色のハッチバック車が止まっていた。

車の後部に近づくと、運転席のドアが開いた。

降りてきた司を見て、結真は足を止めて肩からかけたショルダーバッグのストラップを命綱のように握る。

相も変わらず端整な顔立ちに落ち着かなくなる。ボタンダウンのシャツにジャケットを合わせた姿がよく似合っているなと感心する。

落ち着きを保つために息を吸って、笑顔をつくった。

「すみません。待ちました?」

「いや、今来たところだけど」

「そうですか、よかったです」

猫を撫でてくればよかったと思った。たぶん、気持ちがかなり静まったはずだ。

「乗っていいよ」

「はぁ」

後部座席がいいな、と思ったが、問答無用で助手席のドアを開けられた。

「……ありがとうございます」

先手を打たれた気分で助手席に座った。

車が走りだすと、もう逃げられないぞというあきらめが生まれた。

「まずは出津の教会に行けばいいんだったね」

「あ、そうです」

母の実家には母の弟に当たる叔父夫婦が住んでいる。叔父は仕事のため、叔父の妻――義理の叔母にあたる友里子《ゆりこ》が応対してくれることになっていた。

「叔母さん、今日、教会で活動があるからって」

「大変だね」

「まあ、そうですね」

本当に大変かは知らないが、とりあえずうなずいておく。

『その日、お昼に活動があるけど、そのあとでよければ』

電話で友里子がそう言っていたのだ。

「うち、大昔は潜伏キリシタンだったそうなんです。明治になってから洗礼を受けて、カトリックになったんですけど」

「そうか」

そこで会話が途切れた。

（うう、まずい）

早くも試練が訪れた。結真は前の車のブレーキランプがついたり消えたりするのを眺めながら困り果てる。

（何、話そうかな）

いっそのこと到着までスマートフォンでもいじってようかと思うが、すぐに却下した。

（彼氏ならそうするけどね）

よく知らない――しかも、問題解決の手伝いをしてくれるという相手に失礼だろう。

仕方なく、顔は平静を装いつつ、会話の種を懸命にひねりだす。

「瀬戸さん、古い物の声が聞こえるっておっしゃってましたよね」

「うさんくさいよね」

司は前を向いたまま真面目な声で言う。危うく噴き出しそうになった。確かに、器物の声が聞こえるなんて、うさんくさいことこの上ない。そんな本音は脇に置いて、フォローする。

「そんなことないですよ」

「気を遣わなくていいよ。自分でもうさんくさいと思うから」

「そ、そうですか」

「あんまりいんちきくさいから、よっぽどのときじゃないと言わないようにしてる」

「はぁ」

つまり結真に打ち明けたのも、よっぽどのときという認識だからだろうか。

「まあ、聞こえるものは聞こえるから仕方ないんだ」

達観したような声に、結真は彼の横顔を見つめる。もしかしたら、不快な思いをしたことがあるのだろうか。

「昔からですか？」

「昔からだね。当たり前みたいに聞こえていたから、不思議に思わなかったけど」

「そんなに骨董に触れる機会があったんですか？」

車は川平《かわびら》有料道路を進んでいる。ここからも山の上まで建ち並ぶ家やマンションが見える。

「あの店、もともと、祖父の店なんだ。祖父が亡くなって僕が継いだ。一年前に改装して、カフェ併設にしたけど、ごく普通の骨董屋だった」

「そうなんですね」

「子どものころから祖父の手伝いに行っていたんだ」

「そのときにも聞いてたんですか」

「まあ、そうだね」

「へぇ。じゃあ、昔からのお付き合いなんですね。その不思議な力と」

「そうだね。昔から付き合ってるよ、この変な力と」

司の声からはあきらめが感じられた。

正直、結真にはそんな力がないから、あまりピンとこないし、本当かと疑う気持ちもありはする。

（でも、わたしの夢の声を当てたし）

「でも、その、すごいと思います。そんな声が聞こえるなんて」

「本当にそう思う？」

「え、ええ」

正直、彼の能力を信じきれないものだから、相槌《あいづち》は自分でも適当に発したようにしか聞こえなかった。

義務感にかられて、さらにフォローする。

「でも、本当にすごいですよ。だって、瀬戸さんは誰にもできないことができるんだし」

有料道路の出口にある交差点を直進する。車はこれから山や丘を抜けるルートに入る。

司が深い息をついた。

「……昔、祖父に言われたよ。物の声は人の声だって」

「え？」

「かつての持ち主と今の持ち主の想いが重なると、古物は語りだす。物の声は人の声だってね」

前を見る司は、遠い目をしている。

古い物を幾重にも覆う持ち主たちの想いを、まるですべて見透かしてしまうように。

「小さい声だから、よく耳を澄ませろと教えてくれた。そうしないと聞こえないってね」

「……おじいさんにもそんな力があったんですか？」

「さあ、どうだろうね」

アップダウンの連続が続く。司はややつまらなそうにハンドルを維持している。

「じゃあ、古い物のせいで起こる異変を解決するのって……」

「半分は僕の好奇心で、半分は義務感かな」

「好奇心ですか……」

想像もしていなかった答えだった。

「古い物が告げる声が何を導こうとするのか、気になるんだよ」

「古い物が導く……」

うまく呑《の》み込めない言葉だった。古い器物が今を生きる人に何を告げようというのだろうか。

「橋口さんが話すときは、誰かに何かを伝えたいときだろう。物が語るのも、そういうときなんだと思う」

一言一言が胸に染みる。あのマリア観音も結真に何かを伝えようとしているのだろうか。

「物が語る声が人の声なら、誰かが聞いてやらないといけない。僕にしか聞こえないなら、僕が聞くべきなんだと思う」

「それが義務感ですか?」

訊くと、小さくうなずいた。

(不思議な人だな)

特殊な能力の持ち主なのに、特に誇示《こじ》することもない。当たり前のように共存している。

（変わった力なのに、それをお金儲《もう》けに使おうってこともないみたいなんだよね）

この間、依頼料の話もしたが、司は器物の声が聞こえるという能力を利用して金をとることは原則しないらしい。

『どうしても払いたいという依頼主からはもらうけど。無料で仕事を頼むと、あとで高額の請求をされそうで怖いって考える人はいるから』

支払いを済ませておけば、あとから過剰な報酬を要求されることもないと考える客がいるということだろう。結真も依頼料は要らないと言われたが、他人にただ働きをさせるのは抵抗があったので、いくらかは包んだ。

「瀬戸さんっていい人ですよね」

「そうかな」

司が軽く首を傾げた。

「あんまり言われたことがないよ、いい人だなんて」

「そうですか？」

「うん」

「いい人だと思うのに」

「僕はいい人と言われるより悪い人ですねと言われるほうが、気が楽かな」

「はぁ」

やはりちょっと変わっていると思いながら窓の外に目を転じる。車は国道二〇二号線に合流していた。福岡から佐賀の伊万里《いまり》を通り長崎に通じる道は、外海に行くメインルートだ。景色がよいため、バイクのツーリングをよく見かける。ドライブルートとして、とても人気があるのだ。

山道の間から見え隠れしていた角力灘《すもうなだ》が本格的に窓の外に広がりだすと、結真の胸に懐かしさがこみあげてくる。茜が健在のころは、彼女が運転する車に乗って、外海に通ったものだった。

角力灘は長崎本土と五島《ごとう》の間の海を指す。晴れた空の下ならば群青色に染まる海は、曇《くも》り空の下では青鈍色《あおにびいろ》の波を立てている。岩礁《がんしょう》に打ち寄せる波頭は白く、岩肌を強くこすっている。

外海の海は穏やかに見えるが、ひとたび荒れると何もかもを呑み込む迫力を秘めている。

「晴れたほうがいい景色なんですけどね」

「僕は嵐の日のほうが好きだよ」

司は海を一瞥《いちべつ》もせずに言う。

「そうですか?」

「灰色の波が荒れくるって、すごくきれいだから」

「怖くないですか?」

一拍、間があく。海が木立に隠れた。

「嵐の海がきれいだと思うときは、自分の心が近いときなのかもしれないね」

再びあらわれた海は、色はくすんでいるが、あくまで平穏だった。

けれど、結真には激しい奔流《ほんりゅう》を押し隠しているようにも見える。人間が本当の心を隠しているのにも似て、不気味に見えるのだ。

「……わたし、荒れた海を見るのは怖かったです」

「そう」

幼いころ見たときは、流されでもしたら、あっけなく呑み込まれてしまいそうで恐ろしかった。

車は黒崎《くろさき》を通り過ぎる。出津は山の上だ。

坂を駆け上がると、眺望が一気に開けた。一枚布のような海面には、大小さまざまな島が浮かぶ。炭鉱があったことで有名な池島《いけしま》をはじめ、煙突状の島がいくつかにょきりと突き出している。よく晴れた日ならば、水平線に上五島《かみごとう》の島影が蜃気楼《しんきろう》のように横たわっているが、今日はあいにく見えない。

窓にぴったりと張りつくように海を見る。茜が運転していたときも、こうだった。

『結真ちゃん、海、好きねぇ』

運転席の茜は朗《ほが》らかに笑った。何ひとつ憂《うれ》いなどない声だった。

車は本道を逸《そ》れると、出津教会へ続く道に入る。教会の敷地内に駐車場があると司は知っているようだ。

砂利の敷かれた駐車場につくと、結真は先に車から降りた。教会守と思しき年配の男性が近づいてくる。友里子と待ち合わせをしている旨《むね》を話すと、にこやかにうなずく。

「神父さまと話ばしよるけん、もうちょっと待っとかんね」

「ありがとうございます」

車を指定の場所に停めた司が降りてきた。結真は小走りに近づく。

「叔母さん、まだ来てなくて」

「じゃあ、待ってようか」

司はそう言うと、教会を見上げる。

出津教会は瓦《かわら》の葺《ふ》かれた三角屋根から白い鐘楼《しょうろう》がすっきりと伸びる和洋折衷《せっちゅう》の教会だ。正面出入り口屋根の上の鐘楼の頂上では、聖母マリアが空に祈りを捧げている。外壁が白漆喰《しっくい》で塗られているせいで、遠くからもはっきりとわかるその姿は、出津のシンボルともいえた。

「中、入ろうか」

「いいですよ、久しぶりだし」

結真はうなずいた。小さいころ、この教会には何度も足を踏み入れた。思い出と同じか確かめたかった。入り口で靴を脱ぐと、中に入る。

出津教会にはステンドグラスがない。その代わりに聖画が壁に飾ってあり、祈る人々を見守っている。

机とベンチの並びは昔の尋常小学校《じんじょう》の雰囲気だ。結真は後ろから三列目の席に座った。教会の中には結真と司しかいない。側面の二カ所の出入り口は開け放たれて、濃くなりつつある山間の緑がよく見える。

「変わってない」

前を向けば祭壇があり、イエス・キリストの像がこちらを見守る。

「ここにはよく来たの?」

「母と叔母とたまに。わたしの夏休みに合わせて帰って来てたので」

ふたりが実家に帰省したとき、当然のように連れて来られた結真もここで祈った。朝六時から始まるミサに間に合うように起こされて、眠い目をこすりながら夜明けの空の下を歩いた。

水気を含んだ空気は涼しくて、教会の中を清々しく満たしていたものだ。

(あのとき、茜ちゃんは隣に座った)

肩までの白いヴェールを頭からかぶり、軽くうつむいて祈る姿には、いつもの朗らかさがなくなっていた。

ふだんと違っていた茜は、いったい何を考えていたのだろう。

結真はトートバッグから巾着袋を取り出した。巾着袋の中からマリア観音を出す。顔のないマリア観音は、結真には一言も語りかけてこない。

「しゃべってますか?」

司に手渡す。彼はマリア観音を手にすると、じっと向き合った。

「うん、やっぱり言ってるよ。赦せないって」

「……そうですか」

喉の奥が熱くなるのをこらえる。涙の膜《まく》が張りそうなのを頻繁にまばたきして散らす。

（茜ちゃんは許してくれんとやろか）

責めているのだろうか、結真のことを。

「あ、ごめんね、待たせたやろう」

背後から声が聞こえて、びくっと肩をすくませる。振り返ると、友里子が教会の正面出入り口に立っていた。意志の強そうな太い眉とくもりのない目。小麦色の肌が健康的だ。四十になってほうれい線が濃くなってきているのが悩みだと聞いたのは、ついこの間のような気がする。

カーキ色のフラットパンプスを脱いで、せかせかと入って来る。

結真はベンチから立つと、身廊《しんろう》に出る。

「叔母さん、お久しぶりで――」

「あー、結真ちゃん、久しぶりー！　美人さんになったねぇ!!」

友里子の声は教会の身廊をまっすぐ通っていく。恥ずかしくてたまらなくなった。

あわてて顔の前で手を振る。

「いや、美人にはなっとらんよ」

「そげんことなかって。やっぱり都会に行ったら、女の子は変わるねぇ」

友里子は手を叩かんばかりに喜んでいる。結真は本気の苦笑いを浮かべた。

(化粧が濃くなっただけでは?)

それが一番真相だと思う。

「結真ちゃん、久しぶりに来るって聞いたら、あの人も会いたがっとったとよ」

「ごめんね、都合のつかんで」

深く突っ込まれないうちに、すかさず謝る。あの人とは叔父のことだ。母と茜の弟で、母方の実家の主《あるじ》になっている。

(叔父さんには会いたくなか……)

結真に会うたびに、叔父は出奔した父を罵《ののし》る。かわいい娘を置いて出て行った薄情な男だと吐き捨て、のたれ死ねばいいのにと呪いを口にする。

それはすべて結真が心の中で父親にぶつけている言葉なのに、他人の口から聞くと、耐えがたい気持ちにさせられる。だから、結真は叔父が苦手になった。叔父が発する言葉はすべて、結真たちのためを思ってのことだとしても。

「叔母さん、もうそろそろ……」

待ってくれている司に申し訳ない。

「ああ、そうねぇ。もう行こうか」

友里子が先に教会を出て行く。結真はほっとして肩から力を抜いた。

「送ってもらっていいですか?」

おずおずとたずねると、司は微笑とともにうなずく。

「いいよ。叔母さん、楽しい人だね」

「はい……」

司がマリア観音を入れた巾着袋を手渡してくる。それをトートバッグに滑り込ませると、結真たちも外に出た。

雲が切れ、わずかに青い空が覗《のぞ》いている。天気予報は正しそうだ。

司に続いて車に乗り込むと、車はさらに山手に続く道を進む。

「すみません、狭い道で」

「いや、大丈夫」

「そういえば、長崎弁の出らっさんねぇ」

後部座席に座る友里子が前の席のヘッドレストの間から顔を出す。司に投げかけられた疑問は直球すぎた。

「東京にいたんで、そのせいだと思います」

「あら、そうねぇ。まあ、その顔には似合わっさんよね、長崎弁」

「似合いませんか?」

「似合わんよ、声と同じくらいお上品な顔ばしとるもん」

赤裸々《せきらら》な友里子の発言に、結真は冷や冷やする。

（確かに、なんか似合わんけどっ）

　思わず会話に割って入った。

「叔母さん、カステラ持ってきたけん。あとであげるね」

「あら、結真ちゃん。そげん気ば遣わんちゃよかとに」

「だって、急に来たけん」

「親戚やかね。お土産なんかいらんとよ」

　とりあえず、司から気をそらすのに成功して、ほっとする。

　しかし、結真の意図を知ってか知らずか、司が口を挟んできた。

「橋口さんは、しっかりしてますね」

「そうやろう。お嫁さんにしてくれんね」

「叔母さん、なんば言いよっと」

「冗談って」

「そうよね、冗談よね。もう、やめてよ」

　懸命に軽口にまぎらわす。

　ちょっと知り合いになっただけで、図々《ずうずう》しさの極みにしか思えない。

「今日はゆっくりしてもよかけんね」

「はい」

　ご遠慮します、という本音を隠して、にっこり笑顔をつくる。

友里子の放言をなんとかして阻止するしかない。

甲斐甲斐《かいがい》しく道案内をする友里子と司の友好的な会話を聞いているうち、実家につく。

司が前庭の一角に車を停めると、友里子は小走りに家に入る。

結真も車を降りると、茜と母が幼いころを過ごした風景を見る。山の斜面にへばりつくような家からは、角力灘が見える。海と山に挟まれて、ほとんど平地がない厳しい土地だ。今は国道が通り、車が行き交うが、昔は食べるのがやっとというような貧しい暮らしを余儀なくされたと聞いたことがある。

「いいところだね」

「何もないところって母は言ってますけどね。まあ、わたしも長崎を出るときは同じようなこと考えていましたけど」

長崎には何もない。だから、外に出たかった。

けれど、結局のところは帰って来てしまったのだ。

(なんのために東京に行ったとやろう)

茜も同じことを考えたりはしなかったのだろうか。

「東京に戻りたい?」

司に訊かれて、結真はとっさに返事ができなかった。

(あそこ、戻る場所なんやろうか)

結真は弾《はじ》きだされたほう。受け入れてもらえなかった側なのに。

「戻るなんて……」

つぶやいて視線を外すと、友里子の姿が目に入った。レールを滑らせる玄関扉の陰からこちらを見ている。

感傷もふっとぶ光景に、頬が軽く引きつる。

（なんであんなに盗み見スタイルなん……）

興味と気遣いが同居した姿勢に、結真は踵《きびす》を返して建物に向かう。なんでもないふうな顔を装いながら。

「叔母さん、お昼食べたと？」

「うん、大丈夫よぉ」

間延びした返事に、待ちかまえられていたに違いないと感じる。

「結真ちゃんは、お昼どうしたと？」

「もう済ませとるよ」

「あら、なんやったら簡単なもんでも作るとに」

友里子が残念そうにしているが、結真もお昼を食べずに済む時間にしようと今ごろ訪問したのだ。

「あんまり遅くなったらいけんし、茜ちゃんの荷物ば見せてもらってもよか？」

叔父が帰宅する前に、市内に帰る予定にしている。

面と向かって父への痛罵《つうば》を聞きたくない。叔父が自分や母を大切に思ってくれるあまりに、父への怒りを消しきれないのだとわかるから。

「よかけど……もう、あんまり残っとらんとよ」

友里子が危惧するような顔をしつつ奥に案内する。

彼女の後ろを歩きながら、結真は軽く手を合わせた。

「ごめんね、叔母さん。忙しかとに、相手ばさせて」

「もう、よかとって、そげん気ば遣わんちゃ」

屈託《くったく》なく笑う声に思い出す。

(一応、形見分けはしたもんなぁ)

確か母と叔父で半々にした記憶がある。

茜は独身だから、遺産の整理も母や叔父がやったのだ。

「ここに置いとるとは、義姉《ねえ》さんがさっと見て残すって決めたものだけやけん」

「あ、はい。場所とってる?」

結真たちのアパートは狭いから、置かせてもらうという約束だったはずだ。

しかし、もしかして不満があったのだろうか。友里子は叔父の同級生で、母や茜もよく知っているだけに、いつまでも処分しないなんてと、内心では不満を覚えているのかもしれない。

「いや、うちはね。なんがあるかよう知らんとよ」

「そうですか……」

友里子にとって、母も茜も実の姉ではないだけに、残せと言われたら従うしかないという気持ちなのではないか。

発言に遠慮が隠れているのではないかと悩んでしまう。

「えーと、ここにあるとよ」

と言いながら連れて来てくれたのは、建て増しされたと思しき物置小屋だ。

「一応ね、出しておいたけん」

と言いながら叩いて見せたのは、床に置かれたプラスチックの衣装ケースだ。どうやらその中に遺品は収められているらしい。

「服とか捨てたもんもたくさんあるけんね。探したかもんのあるかわからんけど」

「大丈夫です。探してみます」

結真は手にしていたカステラ入りの紙袋を差し出す。

「これ、さっき言ってたカステラ。みんなで食べて」

「ありがとうね。よかもんばくれて」

友里子はまぶしそうに目を細める。あたたかなまなざしに、正直ほっとする。

いきなり電話をかけて訪問する旨を伝えたので、正直、迷惑がられているのではと心配だったのだ。

「じゃ、自由にしてもらってよかけん」

カステラを持って、小屋を出て行く友里子に、ほんの少しほっとする。

「手伝おうか？」

司に声をかけられ、結真はためらう。

（……もしも、瀬戸さんが、わたしの思いもよらない声を聞いたら）

結真は首を小さく振った。

「ひとりでやります」

「叔母さんの遺品にさわられたくない？」

「そういうわけじゃないんですけど……」

と答えつつ、やはりどこかためらいを感じるのは、否《いな》めない。

司が言う「赦せない」の一言が喉に引っかかっていた。

茜の遺品を整理しているうちに、何か——自分にとって不都合なものが見つかるのではないか。

そんな不安に苛《さいな》まれるのだ。

（そげんことあるはずなか）

と信じる気持ちと、もしも何か見つかったらという心配の間で揺れ動く。

「じゃあ、小屋の中の物を見させてもらっていいかな」

司が不安を汲《く》んだように言う。

「何を見るんですか？」

「古い物」

司はにこにこしながらボトムのポケットから出した白い手袋をはめる。

「古い物、ですか？」

「僕は骨董屋だから、古い物を見たいんだよ」

埃《ほこり》っぽい小屋を見渡す司は、まるで宝物庫にでもいるような顔をしている。

「……わかりました」

結真は膝をついて座ると衣装ケースを引きだす。中には複数のノートや聖書が入っている。古くなったロザリオがいくつか、ミサのときにはいつもかぶっていた白いヴェールもある。

すべてが茜の生きた証《あかし》だ。

十字を切って手を合わせ、口の中でアーメンと唱えた。

幼いころはともかく、今は教会には行かなくなった不良な信者だが、祈りの言葉は自然と出てくる。

息を吸って、ノートを手にとってみる。パラリと開くと、それは日記だった。

（あ、予想外）

ノートには茜の字が綴《つづ》られている。結真はいったん閉じた。

（読んでよかとやろうか）

ネットに残してあるのではなく、紙に残している日記なんて、ものすごく個人的なものだ。誰かに見られることを想定しているはずはないから、赤裸々な思いが書かれているはずだろう。

ちらりと司を見ると、彼は古い皿が入った保管ケースを開けている。

「これ、なかなかいいものだなぁ」

丸い中皿の表に見入っているかと思えば、ひっくり返している。

花の描かれたなんの変哲もない皿にしか見えないから、彼の熱心さが不思議になる。

「いいものですか、それ。高く売れたりします？」

骨董といったら、どうしても高く売れるものをイメージしてしまう。もしかして、ものすごい掘り出し物なのだろうか。

「たいした値はつかないけど、デザインがいい染付だね。花菖蒲《はなしょうぶ》がすっきりと描かれていて、使い勝手もよさそうだし」

司はあぐらをかいて、本格的に調べる姿勢になっている。

商売人というより、楽しくて仕方ないという風情だ。

(おもしろか人やね……)

結真はノートに目を落とした。

彼が他の物を見ているうちに、調べてしまいたい。

最初のページを開くと、東京の生活が始まる日のことが書かれていた。

茜が二十歳を過ぎたころのようだ。

茜は学生時代に服のデザインの勉強をしていたが、その伝手《つて》をたどって東京のアパレルメーカーに勤めた——というのが、結真が知っている茜の経歴だ。

パラパラとめくっていくと、日々の仕事の記録が残されている。反省と次に目指すべき目標など書かれていて、リアルだ。

前向きな記述には、勤めだしたころの自分の姿を思い出し、口の中に苦味が広がる。

(茜ちゃん、がんばってたんやね)

仕事で成果があがると素直に喜び、うまくいかないときは嘆《なげ》きをこぼす。

茜の苦闘の歴史は、そのまま結真の歴史を映したようだった。

一冊目が終わり、ふうと息をつく。天井板の木目を見つめて、次を読む気持ちを固めてから二冊目を手にする。

ふと司に目を向けると、彼はガラスの皿を眺めている。

色ガラスの皿はアンティークらしい細かな模様が特徴的だ。華やかな皿に、結真もつい目をこらしていると、じっと皿を見ていた司が、結真に顔を向けた。

「橋口さん?」

「あ、いや、その……」

司が軽くうつむいて皿を見ている姿は、額に収めれば絵になりそうな佇まいだった。

「何か見つかった?」

「いえ、まだ」

仕事熱心な司に負けまいと新たなノートを広げる。

そこには、一冊目のノートと打って変わって、恋人との出会いが書かれている。

(うわ、茜ちゃん、彼氏がおったんだ)

当たり前といえば当たり前なのだろうが、ひどく驚く。

茜は長崎に帰って来てからも結婚せず、仕事一筋だった。セレクトショップの店長をまかされ、いつも仕事のやり甲斐について語っていた。

その茜が恋について書いている。

あまりに個人的すぎることで、そのまま読んでいいものか迷う。

(どうしよう……)

仕事を通じて知り合った男と仲が深まっていくのがわかる。

なんだか落ち着かなくなりおまけに足まで痛くなったので、膝立ちして痺《しび》れをほぐす。

(うわー、同棲しよる……)

ほとんどゴシップ記事を読むような雰囲気でページをめくる。

同棲を始めた当初、互いの生活のリズムが合わず戸惑ったこと。疲れて帰って来ても、一切家事をしてくれない男に対する愚痴《ぐち》。

あまりにリアルで、つい読みふけってしまう。

『今日は、記念の日だ』

そう書かれたページには、子どもがテストで百点を獲《と》ったときのような花丸が描いてある。

興味津々でページをめくると、それから先はなかった。

（えっ）

ページが破かれたような形跡がある。結真はしばし破かれたページの切れ目を眺める。

（肝心なところのなか）

きっと、大事なところなのに、それがない。虚脱感を覚えてしまう。

「結真ちゃん」

びくりとして身体を起こすと、小屋の出入り口に友里子がいた。

「お茶でも飲まん？」

「え、でも……」

「カステラ開けたけん」

「お土産やったのに」

わざわざ自分に出してもらうなんて、その気遣いが申し訳ない。

「せっかくやけん、食べていかんね。あら、瀬戸さんはなんばしよっと？」

言われて、ぎくっとした。司はガラスの皿をいったん床に置くと、下手に出すぎない程度の愛想《あいそ》のよい笑みを刷《は》いた。

「すみません、古い物があったので、見てしまいました」

「大したもんじゃなかとよ。全部古かとばっかりやけん」

「古い物のほうがいいんです。僕は骨董屋なので」

「あら、なんか高かとのある?」

「このガラス皿なんか、いいですね。昭和初期のプレス皿でしょう。欠けや罅《ひび》がない。若干《じゃっかん》気泡が入っていますが、状態は良好なので、買い取りはできますよ」

「へぇ」

友里子は目を丸くしている。

「ただの古かもんて思っとったのに、買ってもらえるとねぇ」

「無理にとは言いませんが」

「まあ、うちひとりでは決めきらんし……。とりあえず、お茶でも飲まんね。話はそれからでもよかたい」

結真は仕方なくうなずく。あんまり厚意を断りすぎるのもよくないに決まっている。

「じゃあ、いただきます。瀬戸さんも行きましょう」

「わかったよ」

司はアンティークの皿を元の箱にそっと片づけている。音も立てないし、まるで宝石でも扱うかのような手つきに、素直に感心する。

いったん片づけをしてしまってから、司を引きつれて洗面所に向かう。手を洗ってから居間に行くと、テーブルの上にはカステラがのった皿や煎餅《せんべい》がつっこまれた菓子入れやら置かれている。

結真がおずおずと座布団に座ると、友里子が隣の台所から叫んだ。

「なんもなかとけど」

「いっぱいありますよ」

司が答えると、友里子が盆に蓋付《ふた》きの湯のみをのせてあらわれた。

「瀬戸さんはこの間から、結真ちゃんの面倒ば見てくれよらすけん、お茶くらい飲んでもらわんば」

結真はフォークを手にしてカステラを切り分けかけ、驚きの目を司に向けた。

「え」

「叔母さんに、お世話になりますってことと、茜さんのご友人がいたら、たずねたいことがあるって電話でお願いしていたんだよ」

司はカステラを頬張る。

結真は呆気にとられた。結真も電話はしたけれど、そこまで根回しはしなかった。

友里子はそんな司を横目で見てから、湯のみを置いた。

司が満足そうにカステラを味わっている。

「これ、相変わらずおいしいね。ふわっとしてて、でもしっとりとした食感で、嚙むともちもち感が少しだけあるんだよね」

「はぁ」

結真はけむに巻かれた気になって、カステラを食べた。

確かに司の言うとおり、意識すると食感は単純ではない。卵の旨味を含んだやさしい甘さなのだけれど、底に敷かれたザラメがカリカリと砕かれるにつれ、砂糖のストレートな甘みも口の中で広がる。

「びっくりしたけど、礼子《れいこ》ちゃんば呼んだけん」

「礼子ちゃん」

結真が繰り返すと、友里子がうなずく。

「福田《ふくだ》礼子っていってね、茜義姉さんの大親友たい。御ミサにも来てくれたし、命日にはお墓にも行ってくれようとよ」

「そうなんだ」

結真は茜が好きだった。けれど、東京に出て教会に行かなくなり、長崎にも帰らなくなると、茜を徐々に忘れていった。自分よりも茜を大切にしてくれた人がいる。それがありがたいと同時に自分の薄情さに苛まれた。

「……福田さん、やさしかとね」

「茜義姉さんとは仲のよかったけん。礼子ちゃんに訊くとが一番たい」

友里子がそう言ったところで、電話の呼び出し音が鳴った。

「あら、礼子ちゃんたい」

友里子はエプロンのポケットからスマートフォンをとりだすと、明るく話しだす。

教会の活動の打ち合わせの話題から始まり、畑の様子をたずねあい、子どもの部活動の手伝いについて話したところで、友里子があらら、と声を出した。

「茜義姉さんのお墓に行く？　それからこっちに来ると？」

友里子の話を聞いたとたん、結真はとっさに思いつきを口にした。

「わたしもお墓に行きます」

友里子がいったんスマートフォンを耳からはずして、下の部分を手で覆った。

「え、なんて」

「わたしが茜ちゃんのお墓に行くって伝えてください」

「あ、待ってね」

友里子が打ち合わせをしている間にお茶を飲むと、結真は立ち上がった。

通話を切ると、友里子が結真を見上げる。

「よかと？」

「こっちにまで来させるのも申し訳ないので」

それに、なんとなく友里子のいる場で話をするのが気まずかった。

「じゃあ、行ってきます」

「待って、そしたら花でも持って行って」

友里子がパタパタと玄関に駆ける。その背中を追いかける結真は、司が自分をじっと見つめていることには気づかなかった。

山の斜面に段々畑のようにつくられた墓には、十字型の灰色の御影石《みかげ》に各家の名が彫られ、そこに金の顔料が埋められている。台座には亡くなった人間の洗礼名と本名が刻まれているのが通例だ。

下から数えて五段目の位置に家の墓があった。

『魂は神の御許《みもと》で永遠の安らぎを得ています』

そんな神父さまの教えを何度か聞いたことがあった。

墓にある骨には意味がない。茜の魂は神のもとにある。

『主よ、永遠の安息を彼らに与え、絶えざる光でお照らしください』

十字の下にある納骨棺を塞ぐ石板に、レクイエムの一節が書かれていた。

墓で礼子と落ち合う。頬のふっくらとしたやさしげな顔立ちの中年女性だ。頭を下げあうと、彼女は結真が持っている早咲きの自生百合《ゆり》に気づいた。

「えらい気の早か百合やねぇ」

彼女は花入れを手にすると、すぐ近くにある共同の水場で水を交換し、戻ってきた。まだ蕾《つぼみ》の百合を活《い》ける。

「茜は百合の好きやったけん」

「そうでしたね」

茜は白い百合を好んでいた。なぜかは覚えていない。が、実家に行くと、庭に植えられた百合を切り、よく花瓶《かびん》に生けていた。

『百合の雄しべはとらんといかんよ。花粉の服についたら落ちんけん』

そこまでして飾らなくてもと思うくらい、茜は百合の花が好きだった。

「これ」

礼子の差し出した物を見て、結真は面食らう。それは、母子手帳だった。しかも、表紙には茜の名が書いてある。

「友里子さんから、結真ちゃんが茜について知りたかことのあるって言われてね。こいば思い出したと」

「……茜ちゃん、赤ちゃんを産んでたんですか？」

まったく聞いたこともなかったから、本気で驚いてしまっていた。

「東京でね。手放したとけど」

「手放した……それって、もしかして、東京で同棲した彼氏との間の子ですか？」

「そう。日記か何か見た？」

質問されてうなずく。

礼子は憂鬱《ゆううつ》そうにため息をこぼした。

「同棲した彼とね。結局は結婚せんかったとよ。子どもも産んだけど、相手に渡したって」

「どういうことなんですか？」

鼓動が速くなっていくのがわかる。

「彼氏がね。家のお付き合いで、いいとこのお嬢さんと結婚するってことになって。それで、茜は身を引いたわけよ。向こうのご両親にも、あんまりよくは思われんやったごたるしね」

「でも、赤ちゃんもいたのに……」

身を引いて、子どもも渡したなんて、納得できなかった。それでは、茜が犠牲《ぎせい》になっただけではないか。

「……結局、相手の男も本気じゃなかったってことやろ」

苦いものの混じる発言に、結真は息を呑んだ。

「そんな……」

「互いの幸せのためにって丸め込まれたとよね。相手が資産家やけん、赤ちゃんも引き取るって言われてね」

「でも……」

すべてが納得できなくて、胸の内で感情が暴れまわっている。

「でも、そんなの変です、絶対に」

礼子の痛ましいものを見つめるまなざしが苦しい。

「……本当はね。茜も自分が育てたかったごたるけど……。でも、自分ひとりじゃ、とても満足のいくような教育もさせられんやろうって考えたって言いよった。相手の家に引き取ってもらったほうが、よほどましやろうってね」

母子手帳を見ると、十八年前の出来事だ。養育の過程を考えたら、確かにそのほうがいいだろう。無理して進学した自分に照らし合わせればよくわかる。

それにしても、結真はそんな話題を耳に入れたことがない。

「……わたしの母も友里子さんたちも知らないんですよね」

「茜が話しとらんって言いよったよ」

「なんでですか？」

半ば喧嘩《けんか》腰のように投げかけた疑問にも、彼女は穏やかに答える。

「自分の失敗、そげん話しとうもなかやろ」

諭《さと》す口調に、結真は言葉に詰まった。

結真だって、東京から帰って来ることになったいきさつなど口にしたくもない。

「それは……」

母子手帳を握って、セメントで固められた墓地の地面を見る。

「その母子手帳ね。残しとってお姉さんたちに見つかるのは嫌って。でも捨てるのも忍びなかって言いよってね。うちが預かることにしたとよ」

「福田さんがですか？」

「見舞いに行ったら、託されてねぇ」

福田さんはふっくらとした頬をさらに丸くして笑う。

少女時代もこんな笑顔の人だったら、きっとみんなに好かれただろう。

「気持ち、なんとなくわかるたい。そいば残してお姉さんたちに若かときの失敗ば知られるとは耐えられんし、かといって捨ててしもうたら、子どもと自分の繋がりのなくなるけんね」

「茜ちゃん、死んじゃうのに。それでも繋がりのなくなるのが、嫌なんですか？」

全然、理解できないと思った。同じ状況で、自分が死ぬ前になったら、そんなことを考えるだろうか。

「……うちも子どもの中学生になったけど、まだ母子手帳は持っとるばい」

結真の手にふくよかな手を重ねて礼子は言う。

「自分の子の生まれたときのことやら予防接種の記録やら書き込むとやけどね。たまに読むと、大きくなったもんやね、って懐かしくなるけん。茜の母子手帳は、産んだところで終わっとるけどね」

ギュっと唇を噛む結真をなだめるように、ポンポンと手を叩く。

「……茜、心のどこかで願っとったとかもね。いつか、子どもが自分ば探しに来てくれるかもって」

「そんなの……」

悲しい期待だ。その子どもにしてみれば、茜は自分を捨てた母親なのに。

（……でも、そういうものかもしれん）

心がオセロのように白と黒で割り切れるなら、どんなに楽だろう。

茜だって、わかっていたはずだ。

自分が預けた子どもが自分を探しに来るはずなどないことを。でも、もしも、そんな奇跡が起きたらと考えて、証拠をどこかに残しておきたいと望んだのだ。

（矛盾だらけだ）

でも、その気持ちがわからなくもない。

朗らかに見えた茜にも、他人には見せたくない心の襞《ひだ》が何重にもあったのだ。

「結真ちゃん、こいば預かってもらってよかね」

「わたしが、ですか？」

「うちが持っとるより、結真ちゃんが持っとるほうが茜も安心するたい。自慢の姪《めい》って、いつも褒めよったとよ」

「わたし、何もできなかったのに……」

本音がポロリと出てしまう。茜は期待していただろうに、成功できなかった姪など、なんの自慢になるというのか。

「……茜はね。ずっと自分が強かったらよかったのに、って言いよった。相手の親に言いくるめられて子どもば渡してしもうたけど、本当は自分が育てたかったたって。弱かった自分が赦せんって、よう言いよったよ」

「赦せない……」

それは、あの顔のないマリア観音が語ったという言葉だ。

「福田さん、マリア観音のことを知ってますか？」

「茜が持っとった？」

たずねられてうなずく。礼子が記憶を探る顔をしてから言った。

「あのマリア観音、ご先祖のものらしかよ」

「うちのご先祖のものですか？」

「そう」

彼女はゆっくりうなずくと、感慨《かんがい》深そうにしてから、周囲を見渡した。

「あれね、昔の……潜伏してたご先祖の持ち物やったとって。茜はそれば物置から見つけてね。あれを割ったのはご先祖じゃなかかなって言いよったよ。それでも大事に持っておいた、そのことに意味があるはずって話ばしよったけど」

「自分で割ったのに、それを大事に持っていた……」

すべてが想像にすぎない。なぜなら、潜伏キリシタンは自らの言葉を残していないからだ。禁じられた信仰を守った人々が、文字という記録を残せるはずもない。

（なんであれが苦しいときの支えになると……）

何を考えているのか、何を語ろうとしているかもわからない。

そんなマリア像に何が秘められているというのだろう。

礼子はやさしく微笑むと、身体を離す。

「その母子手帳、結真ちゃんに預けるね」

重ねて頼まれ、うなずくと、下から誰かが上がってくる足音がした。

結真は墓石に背を向けて、階段を下る礼子を見送る。

ここからは角力灘がよく見えた。雲は薄くなり、海の色は明るさを増している。

「話、済んだ?」

入れ違いにやって来たのは司だった。左手はマリア観音が入った巾着袋の紐《ひも》を持ち、右手はポケットに入れている。

結真は母子手帳をすばやくワイドパンツのポケットに滑り込ませる。

「はい。すみません、大丈夫です」

「茜さんのことわかった?」

差し出されたマリア観音を受け取る。顔のないマリア観音が告げる言葉と自分を繋げる糸を手繰り寄せなければならない。

「許せない……」

茜は自分を許せないと言っていた。そして、このマリア観音は顔がないまま今の時代まで受け継がれている。

夢を見始めたのは、長崎に帰ってからだ。東京で挫折《ざせつ》して、長崎に戻ってからあの夢を見た。

足元は冷たく、胸が焼かれるように熱くなるあの夢――。

懸命に考えを巡《めぐ》らして、不意に胸に光が差し込む。

「……あの夢、ご先祖が体験したことです」

「え?」

「絵踏《えぶみ》だと思います」

絵踏は潜伏キリシタンに対して定期的に行われていた〝試験〟だった。

江戸時代、キリシタンだと疑われた者たちは、イエス・キリストやマリアが打ちだされた金属の板を踏んで、自分はキリシタンではないと証明しなければならなかった。しかも、それは一度ではなく、繰り返し試されたのだ。

そのたびにキリシタンは踏絵を踏んで、禁じられた神を信じていないと証明しなければならなかった。

結真の先祖もそうしたはずだ。そのとき、何を考えただろう。

「自分が赦せない……」

マリア観音を胸に抱える。

きっと結真の先祖もそう考えたはず。

そして、それは突き詰めれば結真も感じたことのはずだ。

「わたしが、わたしを赦せないから、あんな夢を見た……」

そう思うと、すべてが繋がるような気がする。

「……茜ちゃんの言ったとおり、このマリア観音は、ご先祖が自分で割ったんじゃないかって思うんです」

絵踏をやり過ごしたのは、生きるためだ。キリシタンはいないはずの存在で、実在してはいけないのだから、平気な顔をして神の姿を踏むしかなかった。

けれど、そんな自分の姿をマリア観音には見られたくなかったのではないか。

情けない、みっともない姿をマリア観音の目にさらしたくなかったのではないか。

そう考えると、すべての糸が繋がるような気がした。

「自分が赦せないから……」

それだけつぶやくと結真はその場にしゃがみこむ。

腕に顔を埋《うず》めて、涙を袖《そで》に吸い取らせる。

（もう無理……）

自分がこんなに惨《みじ》めな人間だなんて耐えられない。

自分で自分を受け入れることができない。

懸命に嗚咽《おえつ》だけはこらえようとする。知らない人間の前で泣きたくない。

「橋口さん」

司に肩を軽く揺すられて、結真はさらに袖に顔を深く埋める。泣き崩れた顔なんか、見せられるはずがない。

「結真ちゃん」

強く呼ばれて、はっとして顔を上げた。思いもよらずに下の名前を呼ばれ、面食らった。

「は、はい……」

「茜さんは、そのマリア観音を託すときに、なんて言った？」

訊かれるままに答える。

「苦しいときに支えてもらったから、大切にしろって……」

「今、結真ちゃんに伝えたいのは、きっとそっちのほうだよ」

司が力強く断言するから、呆気にとられる。

「でも……」

「自分を赦せないという想いは、確かに茜さんと重なったものかもしれない。でも、そんなときに、茜さんはマリア観音に支えてもらったんだろう?」

「自分が赦せないときに?」

「もし、ご先祖がこのマリア観音の顔を自分で割って、それでも、大切に持っておいたのは、弱い自分を受け入れたということじゃないかな」

「弱い自分を受け入れる……」

司は穏やかに微笑んでうなずく。

結真は当惑して彼を見上げた。

「昔の潜伏キリシタンは、踏絵を踏みながら生きてきた。格好悪いかもしれない。でも、そんな格好悪い自分を認めて生きていけるのも、強さだと僕は思う」

司の言葉を心の中で何度も繰り返す。弱い自分を受け入れる、それは呑み込めない肉の塊《かたまり》をなんとかして呑みこもうとするかのように苦しいことだ。

「でも……」

「弱くてみっともない自分を抱えていられるのは、強いってことだよ」

結真は司を見上げる。本当にそう思っていいのだろうか。

「茜さんは、本当はそのことを告げたかったんだと思うよ」

結真は押し黙る。あまりにも都合のいい想像に思える。

「茜ちゃん……」

マリア観音を袋から取り出す。マリア観音には顔がない。顔がないからこそ、どんな言葉を語っているのか、自分で想像しろということなのだろうか。

「きっと、そのマリア観音は、結真ちゃんが迷ったときにも、励ましてくれると思うよ」

「それって、自分の思い込みってことですよね」

「そうだね」

司は少しだけ頭を下げた。

額に深くかかる前髪から覗く目にかすかな憂愁《ゆうしゅう》が浮かんでいる。

「思い込みも必要なときがあると思うよ、前に進むために」

結真は顔のないマリア観音をそっと抱いた。

(茜ちゃんもそう考えたときがあるのかもしれない)

だったら、これはやはり大切にするべきだ。彼女の願いは、きっと結真が前を向いていくことだろうから。

「すみません、泣いたりして」

立ち上がって、礼をする。あまり顔を上げたくないのは化粧崩れが気になるからだ。

「気にしなくていいよ、それよりここから見える海はすごいね」

角力灘が視界の端から端まで繋がる絶景だ。

島々が点々と浮かんでいるおかげで単調には見えない。小さな漁船が白い波をドレスの裾のように引きながら横切っていく。

「結真ちゃん、知ってる？　あれはヤコブの梯子《はしご》だよ」

天を覆う雲の切れ目からオレンジ色の光があふれて、海に降り注いでいる。

天国《パライソ》へと続く光の階段だ。

「知ってます。茜ちゃんが教えてくれたから」

きれいね、と言って、鮮やかな光線が海に落ちるのを一緒に見た。

『ご先祖が見たときと、ちっとも変わらんとよ』

あの言葉はきっとマリア観音を抱いて生きてきた先祖への畏敬《いけい》が込められていたはずだ。

想いの繋がるマリア観音を抱いて、結真は光の饗宴《きょうえん》を見守っていた。

第二話・オランダ商館長《カピタン》の壺

桜が終わると、長崎はツツジの季節になる。

公園に植えられた低い木に赤や桃色の花が咲きだせば、気温はぐっと上昇し、日によっては、半袖《はんそで》でも過ごせるという気候になってくる。

長崎《ながさき》市中心部を囲む山の緑がぐっと青みを増してくるころ。中島川《なかしまがわ》のせせらぎを聞きながら、結真《ゆま》は一古堂《ひとふるどう》の前にいた。

白いシャツと細身のパンツにジャケット。初めて職場を訪れる格好として、問題ないはず。

（落ち着け）

と自分に言い聞かせること、しばし。脳裏《のうり》に司《つかさ》の声が甦《よみがえ》る。

『もしも、結真ちゃんがよければ、うちで働かないかな』

司の誘いは思いもよらぬものだった。

『人手が足りなくて、ちょうど新規で募集しようかと思っていたところだったんだ』

そう言われたとき、結真は頭が真っ白になり、それから悩んだ。

『リハビリだと思っていいから』

返さなければならない奨学金はあるし、そもそも、母親だけを働かせるわけにはいかないだろう。いつまでも親のすねかじりはしたくない。

そんな風に重なる建前をはがしてしまうと、本心があらわれる。

前と同じ状態になるのが怖い。

意気揚々《ようよう》と就職したのに、まるで役立たずの扱いだった。

『おまえなんかいなくても、誰も困んねぇよ』

以前に聞いた捨て台詞《ぜりふ》を思い出すと、店に入ろうとする足が止まる。

(その程度の人間なのに、また働いて迷惑かけたりせんやろうか)

不安が大きくなり、右足を一歩退《ひ》く。

(やっぱり帰ったほうがよくなか?)

内心の弱気な声にうなずき、踵《きびす》を返しかけたときだ。

(このまま逃げ帰ると?)

ぎゅっと手を握りしめる。家に戻れば、代わり映えのしない生活が待っている。

働かなきゃと言いながら、スマートフォンで就職先の情報を集めて眺めるだけの日々。

それでは何も変わらない。

(せっかく声をかけてもらったとやけん)

この機を逃すのは、もったいないはず。

カフェのほうの扉を開けると、一歩足を踏み入れる。

「ごめんください……」

声をかけたが、オープン前のカフェには人気《ひとけ》がなく、おまけに誰も出てこない。結真はさっと店内を見渡し、自分の職場になる場所を確認する。

右手にあるカウンターの奥の棚には、コーヒー豆の入ったガラス容器や色鮮やかなカップがディスプレイされている。

その前にはカウンターが四席。テーブルが八席。

ところどころに置かれた花台に骨董品《こっとう》らしき花瓶《かびん》や年季の入った籠《かご》が置かれている。籠から覗《のぞ》くのは緑の草花。渋いこげ茶色の籠に入れられた鮮やかな緑が印象的だ。

(あの籠も骨董品なんやろうか)

飾られた骨董品に興味がわいたら、扉一枚隔《へだ》てた骨董店をご覧くださいという仕様なのだろう。

(それにしても、誰も出てこんとやけど……)

まだ開店前の準備中で、奥に引っ込んでいるからだろうか。

「すみません」

少しだけ声を張ってみると、カウンターの向こうの通路がバタつく気配があった。

「はーい」

屈託《くったく》のない声を出しながらあらわれた店員を見て、結真は目を丸くする。

(あれ、この子……)

一目見て美人だという感想を抱かせるほど整った顔立ちには、見覚えがある。

(もしかして……)

「橋口《はしぐち》さんやろ?」

勢い込んでたずねられ、結真は目をぱちくりさせる。

「は、はい」

「あたしのこと、覚えとる？」

「え、あ、うん。仁田《にた》さん……やろ？」

「そう、久しぶりやね！」

にっこりと笑いながら近づいてくるのは、アイドルにもそういないのでは、と思うほどの美人だ。

（やっぱり仁田さんやん！）

目尻がやや垂れている大きな目、右目の下の小さな泣きぼくろ、きれいに弧を描く鼻筋、ふっくらとした唇。長くて艶々《つやつや》した髪は低い位置でお団子にされている。

（うわ、昔と同じく可愛《かわい》かー）

素直に感心する。仁田遥那《はるな》は高校の同級生だ。あのときも学年トップクラスに可愛いと評判だったが、今はさらに洗練されて、すっかり美人になっている。

「何年ぶりかな？」

「高校卒業ぶりやね」

「そうやね」

弾んだ調子で言うと、遥那は一、二、三、と細い指を折っている。その姿は無邪気で愛らしく、なんだかすごいなと感動すら覚える。

結真と遥那が通っていた学校は公立の進学校で、頻繁《ひんぱん》に模試や課外授業があり、学校は楽しいだけのところではなかった。けれど、遥那の周囲にいる人々は常に笑顔だった。なにより、当の本人が一番朗《ほが》らかに笑っていたせいだろうか。

会っていなかった年数がはっきりして、遥那は満足そうに笑いかけてくる。

「五年ぶりやね！」

「たぶん、そうだよね」

「橋口さん、変わっとらんね」

「仁田さんは、前よりきれいになったね」

「え、そげんことなかよ」

にこにこしている遥那は、結真の感嘆をあっさりと受け流す。

「や、美人になったって！　前よりも！」

お世辞だと思われたくないものだから、結真はついこぶしまで握って力説した。

「本当って、高校のときから思いよったもん。仁田さん、可愛かって！」

「いやいや、そこまでなかって。橋口さん、大げさかって」

「いや、本当——」

「なんや、この空間」

遥那が出てきた通路——おそらく厨房《ちゅうぼう》へ繋《つな》がっている——からあらわれた青年を見て、結真はうっと息を詰めた。

（怖っ）

三白眼の鋭い目つきとつり上がり気味の眉、大柄な体格なのもあって、こちらが変な汗をかいてしまいそうな迫力がある。

「橋口さんばい。司さんが言いよった新入りさん。もう忘れたと?」

「忘れとらん!」

嚙《か》みつくように答えた青年に遥那は指を向ける。

「こっち、三原翔太《みはらしょうた》さん。料理は全部まかせとると。顔怖くて、ごめんね」

「一言多かぞ」

「でも、根はいい人ばい、たぶん」

「たぶんて」

「ちなみに、カステラ屋さんの息子やけん」

と言って告げてきたカステラ屋が有名すぎてドン引く。

「なん、そい」

「切れ端売ってくれるけん」

「売らねぇよ!」

と翔太が怒鳴《どな》った。

カステラの切れ端の箱詰めは、カステラを作るときに落とされる切れ端を集めて日常のおやつ用に安価で売られるものだが、有名店はそもそも売らないものなのだ。

「残念……」

「ガキのころから言われて一番腹立つことやけん、二度と言うなよ」

遥那はさっと逃げると、結真の背後に立って両肩をポンポンと叩いた。

「とにかく、あたしたち、高校の同級生やけん、よろしくお願いしまーす！」

「もう若くないけん、無理すんな」

「ひどい」

「同級生って、仲よかったとや」

「ううん、グループ違ったもんね」

遥那はちょっと残念そうに眉尻を下げた。

「橋口さんは頭いいグループやったもん」

「仁田さんは女子力高いグループやったたい」

遥那はいわゆる可愛い系の女の子グループの一員だった。進学校だったせいで教師陣もやかましく、いくら可愛い系といっても、そう極端なことはしていなかったが、それでも、きちんと手入れされた髪や、薄付きのファンデーションでにきびの跡を巧《たく》みに隠している姿を見れば、自分に磨きをかけているタイプの女子だとわかるのだ。

「面倒くせぇ」

「そう言わんでよ。女の子はポジションば確保しとかんばとよ、ね？」

と遥那に同意を求められ、苦笑しつつうなずいた。

確かに環境が変わるたびに、自分のポジションがどこかを見極める作業は必須だった。

「ここは四人しかおらんけん、そげんことする必要なかばい」

「四人？」

「司さんと翔太さんと橋口さんとあたし」

（もうわたし入っとるたい）

　今さら迷ってますと言える雰囲気ではない。

「そういえば、司さんは？」

「骨董のほうやろ。俺《おい》は忙しかけん、話は自分らでせろさ」

　翔太は伸びをしながら戻った。

「まずは司さんと話ばしてもらったほうがよかけん」

　遥那は骨董店の側に顔を出す。

「司さーん、橋口さんの来たばい」

「はい」

　落ち着いた声がして、司が書類らしきものを手に暖簾《のれん》の奥から姿をあらわした。それはいいのだが、満面の笑みだ。結真を見て、軽くうつむくとさらに笑いをこぼす。

「なんで笑ってるんですか？」

　疑問をぶつけると、司は顔の前で手を振りつつ答える。

「いや、三人の会話がおかしくて」

「そうですか？」

どこにおかしな点があっただろうかと悩む。ひとつも変なことは言ってないはずだが。

「いや、若いなぁと」

「はぁ」

確かにテンションはやや高くなってしまったけれど、笑うほどかと密かに頭をひねっていると、司が咳払《せきばら》いした。

「久しぶり」

「……お久しぶりです」

働かないかと声をかけてもらってから一週間は経った。司はゆっくり考えていいと言ってくれたが、顔を見ると申し訳なさがむくむくとふくらむ。

「すみません、その……来るのが遅くなって」

「いや、いいよ」

司はにこにこ笑うと、カフェの席に座るよう促《うなが》してくる。

カウンターに座ると、遥那が頭を傾げて座った司の横顔を覗く。

「なんか飲みます？」

「コーヒーお願いできるかな」

「はーい」

「え、いや、わたしは、いい……」

まだ働いてもいないのに、と遠慮するが、遥那はカウンターの中に収まると、コーヒーの豆を挽《ひ》きはじめた。

電動ミルの音が大きく響く。ミルが止まった頃合いで、司は話しだす。

「結真ちゃんにはカフェと骨董店のどっちも担当してほしいと思っている」

「はい」

目の前に出されたのは契約書だ。紙面には仕事の内容や給与の額、休日の日数などが書かれている。

「週休二日なんですね」

「シフト制でなんとかしてるから」

「そう！　でも、最近、忙しくなってきて、なんともならんかったとよ。司さんが骨董のお客さんに手を取られたら、どうにもならんようになるし」

「遥那ちゃんには負担かけてるね」

「別にいいですけどね」

細い注ぎ口のポットからドリッパーに湯を注ぎつつ、遥那は上機嫌だ。

コーヒーの甘くて香ばしい芳香が濃く漂い、思わず小鼻を鳴らしてしまう。

「いい香り」

「このコーヒー豆、地元の豆屋さんにお願いして、うち用にブレンドしてもらっとるけん」

「へえ」

遥那が知っとる？　と言って教えてくれたのは、結真も聞いたことがあるコーヒー豆のしいらしい。

販売店だ。自家焙煎《ばいせん》のコーヒー豆を販売しているが、コーヒー好きをうならせるほどおい

「それで、仕事の話なんだけど」

司に切り出され、結真は彼に視線を移す。

「骨董店の接客はほとんど僕がするんだけど、たまには結真ちゃんにお願いすると思う」

「わたし、知識なんかないですよ」

結真はあわてて釘《くぎ》を刺す。骨董なんか見たこともさわったこともない。当然ながら知識も持ち合わせていない。

「まあ、少しずつ覚えてもらえばいいから」

「でも……」

「じっくり話をしたいっていうお客さんは僕が相手をする。でも、僕が不在のときは、結真ちゃんにお願いしたい」

「……わかりました」

自信はないが、なんとかがんばろうと自身を励ます。

(仕事をまかせてもらえるのは、うれしいことのはずやし)

頼りにならないと切り捨てられるよりは、よほどましだろう。

「どうぞ」

カウンターから出て来た遥那が、トレイにのせたコーヒーをそれぞれの前に出す。

白地に鮮やかな藍色で波の模様が描かれたカップだ。おしゃれなカップとソーサーのセットが心を弾ませてくれる。

「遠慮しなくていいよ」

カップを眺めていたのをコーヒーへの遠慮と思ったらしい司がそう言ってくれる。結真はカップを手にとると口元に運ぶ。

甘さと香ばしさを伴《ともな》った芳香が鼻に抜ける。一口飲むと、爽《さわ》やかな苦みと酸味、甘みとコクが調和して今まで飲んだことがないほどおいしかった。

「おいしい」

「やろ?」

カウンターの向こうに戻った遥那が、後片づけをしながら得意げに微笑《ほほえ》む。

「家で淹《い》れるよりずっとおいしか」

「そりゃお店やもん」

と応じられて、結真ははっとした。これからは、こんなにおいしいコーヒーを淹れるのも結真の仕事になるはずだ。

「コーヒーの淹れ方、わたしにも教えてね」

真剣に告げると、遥那が一瞬きょとんとした。次に花開くように笑う。

「もちろんたい」

遥那の笑顔に、結真もつられて笑みを浮かべた。

早速、その日から仕事を始めた結真だったが、覚えることは山積みだった。調理を担当するのは主に翔太になっているが、カフェの客の応対は結真と遥那の担当だ。

ランチタイムから夕方まで席はフル回転するため、店内に出ずっぱりになる。皿の上げ下げはもちろん、食後のコーヒーやデザートの準備もまかされ、頭の中までフル回転になる。

（三日目にして体力の限界やん……）

カフェの閉店は通常十八時だ。お客さんを送り出し、後片づけと掃除を済ませると、十九時半。結真はぐったりとして店を出た。

（東京にいたころは、帰るのもっと遅かったとに……）

ここ数カ月の引きこもりで、身体《からだ》が鈍《なま》ったに違いない。

息の塊《かたまり》を吐いて重い足を引きずると、背後から足音がした。

「橋口さん、一緒に帰ろう」

追いかけてきた遥那を見て、結真は意外な思いを胸に足を止めた。遥那は翌日の仕込みがあるために、いつも結真より帰りが遅かったのだ。

「よかけど……」

バスに乗るため、停留所に向かって中島川沿いの歩道を並んで歩く。

（仁田さんのバス停も同じ方角か、そういえば）

水の流れるざぁざぁという音が小気味よい。

オレンジ色の街灯の下で、遥那が小首を傾げて切り出す。

「疲れたやろ？」

「うん、まだ慣れとらんしね」

まだ身体も頭も仕事のリズムができていない。

段取りが身体に馴染《なじ》むようになれば、もう少し楽に仕事ができるはず。そう思うが、馴染めるかが心配だ。

「カフェの仕事とか初めて？」

「大学のころ、居酒屋でバイトしたことはあったけど……」

夏休みの時期の塾講師の仕事は昼間が多かったから、夜は居酒屋で働いていたのだ。

「あ、じゃあ、客商売が初めてってわけじゃなかとね」

「うん、まあね。なんで？」

遥那を見ると、彼女は結真の機嫌を窺《うかが》うような表情だ。

「いや、その……橋口さん、疲れとるみたいやけん」

心の内を見破られたような気になり、どきりとした。確かにすごく疲れていた。主に気疲れが多いのだけれど。

「お客さん、相手にするけんね。疲れるのは当たり前やけん」

どうやら励ましてくれているらしい。

(もしかして、そのために仕事、切り上げてくれたとやろうか……)

疲労を顔にもろ出しだったとしたら、恥ずかしい。

「ごめんね。まだ慣れとらんけん」

手をわざと合わせて、声を明るくする。気を遣わせたことが申し訳なかった。

「あ、全然気にせんで。なんか困ったことがあったら、言ってくれてよかけんね」

遥那は足を止めて肩からかけていたトートバッグをごそごそとあさりだす。つられて立ち止まった結真に、バッグから取り出した箱を差し出した。

「足、パンパンやろ。これ、使って」

渡されたのは、寝ている間に貼っておくと足のむくみがとれるというシートだ。

「気休めやけど」

シートの箱を握る手に力がこもる。物よりも心遣いがうれしい。

「ありがとう。ふくらはぎ、めっちゃパンパンやけん助かるー」

「やろう？　あたしも働きだしてすぐは、めっちゃパンパンになったけん。寝てる間につったりしてさぁ」

遥那が眉を寄せる。唇を尖らせた不満顔も愛らしくて、結真は可愛いグッズを見つけたときのような上がり調子のテンションのましゃべりだす。

「寝てる間に足つるの死ぬほど痛いよね。痛くて目の醒《さ》めるし」

「そうやろ。まじびっくりする。足折れたかと思うけん」

「大げさばい」

「そう？　あたし、本気で飛び起きたことあるよ。痛ーって叫んで」

「まじ？　似合わん」

「似合うとか似合わんとかじゃなかとって。本気で痛かとやけん」

遥那の笑い声は屈託がない。つられて笑っているうちに、明日もがんばろうと思える。

（なんか、操《あやつ》られとる気のするけど……）

頭の半分でそう思っても、嫌な気は一切しなかった。

翌日からさらに気合いを入れてカフェの仕事に取り組むようになった結真だが、困難は他にもあった。

（問題はこっちやんね）

閉店間近の骨董フロアで、棚を乾拭《からぶ》きしながら一々悩む。

（なんでこの皿、一枚五千円もすっと……）

値札と皿を見比べながら、首を傾げる。

棚の皿立てに面陳《めんちん》された手塩皿には値札がつけられている。伊万里焼色絵草花文《いまりやきいろえそうかもん》小皿五千円。

江戸時代に佐賀の伊万里港から積み出しされたために伊万里焼といわれるようになった有名な焼き物だ。骨董の世界では人気の焼き物らしいから、お値段が張るのはわかるといえば、わかるのだが。

(だって、掌《てのひら》にのるくらいの小ささばい⁉)

そんな小皿が五千円。全然、理解できない。

(確かに、きれいかけど)

見込みの部分には藍色の松竹梅が上品に描かれ、皿の内側周辺部は六等分されて、藍地に白抜きの赤絵で牡丹《ぼたん》の花と草花が描かれている。小さいながらも美しくて上品な皿ではあるが、五千円という値札がつけられるほどの価値があるのだろうか。

(でも、これが特別じゃなかとやもんね)

その他、置かれている皿も、一枚三千円やら八千円やら、結真にしてみれば、とんでもない値段がついている。

(波佐見焼《はさみ》やったら、もっとお手頃な値段のついとるとに)

波佐見焼は長崎の波佐見町で生産されている焼き物だ。近年、おしゃれなデザインと軽さや丈夫さといった実用性の高さが評価されて、人気が出ているらしい。

東京のセレクトショップで飾られているのを発見したときは懐かしい思いをしたが、たいてい二千円前後の価格設定だった。

(それなのに、古い皿が五千円……)

もっとも、骨董というのはそれなりのお値段がするものらしい。

他の棚には、レトロなガラスの皿や醤油《しょうゆ》さしがある。レースの模様が刻まれたガラスの皿、胴体にひねりのきいた醬油さし。どれも今時の物にはなさそうなデザインだ。それらもそこそこのお値段がついている。

店内の中央にある鍵付きのケースには、昔の鼈甲《べっこう》の櫛《くし》や簪《かんざし》が飾られている。鼈甲は、今は貴重なせいか、この店内ではかなり値が張る。

（難しい……）

縁がなかっただけに、結真にはピンとこない値付けばかりだ。

ひと通り拭いたところで、ふたりの女性客が入って来た。

着物を着た中年のご婦人が、棚の前で同い歳《どし》くらいの友人に話しかけている。

「この皿、まだあったわぁ」

「すてきやろ？」

「うん、きれいかね」

「この間見つけてから、悩みよったとけど……」

「もう思い切って買《こ》うてしまえばよかたい」

「でも……」

「骨董は縁って言いよったろ？」

「そうやけど……」

ふたりの会話を聞きながら結真は音もなく移動し、暖簾の陰に雑巾を放る。

商品の整理をしているフリをしながら、彼女たちを見守る。平静を装ってみるものの、腋《わき》にひんやりと冷や汗がにじみだした。

（瀬戸さーん、早く戻って来てー！）

司は所用があると外出している。あまりお客さんは来ないだろうからと言われて店番をしているのだが。

「あの、これねぇ、セットになっとらん？」

草花文の皿を指さされ、心臓が跳ねた。

「は、はい？」

「セットになっとるやろって訊《き》きよっと」

「セ、セット？」

内心頭を抱えた。在庫が奥の倉庫にあるのは聞いているが、何があるのかは教わっていない。

「在庫、わからんと？」

怪訝《けげん》そうに眉をひそめられ、ひどくあせった。自分のせいで店の印象を悪くしたくない。

「すみませんが、少々、お待ちください。お調べしてきますので」

裏に引っ込んで司に電話でもしようかと思ったときだ。店の扉が開いて、司があらわれた。一瞬目を丸くした彼は、すぐに柔和《にゅうわ》な笑みをつくる。

「いらっしゃいませ。お気に入りのものが見つかりましたか？」

司の穏やかな呼びかけに、客はふたりとも彼に注目する。相変わらず整った容貌《ようぼう》とすらりとした姿は、自然と視線を集める力があった。

（よかったー……）

彼の顔を見ると無性に安堵《あんど》し、結真の冷や汗もひいていく。

「あぁ、この皿のね。セットでなかかと思って」

「ございますよ」

当たり前のようにうなずくと、司は手袋をはめながら暖簾の向こうへ引っ込んだ。

しばらくすると古そうな木箱を持って来る。

「そちらは江戸後期から明治の伊万里です。もともとは八枚セットだったのですが、四枚は損なわれてしまって……」

「じゃあ、この一枚と合わせて四枚？」

「ええ」

司が蓋をはずしたので、結真は近づいて受け取る。司は箱を少し斜めにして、客に見せている。

「きれいかねぇ」

「状態はなかなかよいですね。色の剝《は》げも少ないですし、大きな傷もありません」

「色絵は箸《はし》の当たっても色の剝げるっていうけんね」

「よくご存じですね」

にこにこ笑う司と客の会話がいまいちピンとこない。

「この皿は、元は長崎の旧家の物なんです。四枚になってからは、たいして使われずにしまいこまれていたようですよ」

「それやったら……。でも、四枚は、ねぇ……」

顔を見合わせてから、友人が助け舟を出してくる。

「二枚とかで売ってもらえるとやろうか」

「それは大丈夫ですが……」

結真は意外な気持ちで彼の横顔を見つめる。

四枚セットなら、それで売ったほうがよいのではないか。

「でもねぇ。せっかく四枚揃《そろ》うとやし……」

よほど骨董好きなのか、着物のご婦人は首を傾げて真剣に悩んでいるふうだ。

司が飾っていた皿をいったん箱にしまう。結真は蓋を彼に手渡した。

「よろしければ、ゆっくりご覧になりますか?」

「そうねぇ」

司が先に立って暖簾をくぐる。あの茶室みたいな部屋で商談するつもりなのだろうか。

取り残されたご婦人との間に、気まずい空気が流れる。

先にその空気を破ってくれたのは、ご婦人のほうだった。

「骨董好きなんよ、彼女」

「そうなんですか?」

「そう。ここには、お祖父《じい》さんのおらすときから来よったとって」

「よっぽどお好きなんですね」

結真は応じると、店内の一角に飾ってある写真を見る。

そこには、昔の一古堂の写真が飾ってあった。古民家風な店の前にまで骨董が陳列されており、雑多な空気を感じさせる。今の一古堂はモダンな骨董カフェに変貌し、骨董は整然とディスプレイされて、まったく逆の雰囲気だ。

「昔とずいぶん様変わりしたけど、ここの扱うものが好きなんよって言いよったとよ」

「……うれしいです」

褒《ほ》めてもらうと、飾られている骨董も心なしかピカピカして見えるものだ。

それから適当に世間話をしていると、着物のご婦人があらわれた。続いた司に風呂敷の包みを渡されて、上機嫌に笑う。

「結局、買うてしもうた」

「よかたい、気に入ったとなら」

「しばらく節約せんばいかん」

「あんたんところは節約なんかする必要なかたい」

笑い合うふたりが店を出ようとすると、すっと近寄った司が扉を開ける。一緒に出て行く姿を見送って、結真は横の棚に目を移す。

小さいながらも主役のように存在感のあった皿がなくなって、寂しくなると同時に棚が空《あ》くのはうれしいことなのだと実感する。

(誰かに買うてもらわんばいかんもんね)

カフェの様子を窺うと、客がちらほらと座っている。接客している遥那には、まだ余裕がある。

(さて、あっちに行くか)

こちらの骨董店のほうは司が店番をするから、結真はカフェで接客をしなければならない。足を向けかけたところで、司が扉を開けて入って来る。

「さっきは悪かったね。助かったよ」

「すみません、あんまり応対できなくて……」

「いや、いいよ。結真ちゃんはまだ慣れてないんだから」

「はい……」

「こっちこそ難しい仕事をまかせて悪いと思ってる」

小さく頭を下げられて、かえってつらくなった。

(このままじゃ、また役立たずやん)

この現状を打開するためには、自分の力をつけるしかない。

「骨董のこと、教えてください」

結真は言うなり、力いっぱい頭を下げた。

「結真ちゃん……」

「すぐには覚えられないかもしれませんけど、このままだと足手まといだし」

腰を覆うエプロンの前で手を握って、緊張を抑え込む。

前の会社では、先輩社員に仕事を教えてほしいと乞《こ》うと、あからさまに不機嫌な態度をとられた。司にも突き放されたらどうしようと不安が募《つの》る。

「いいよ」

結真の緊張を知ってか知らずか、司はあっさりとうなずいた。

「もうそろそろ教えようかと思ってたし」

「あ、そうなんですか？」

拍子抜けして肩から力が抜ける。心の片隅《かたすみ》で、勝手に覚えろと突っぱねられる想像がよぎったのだ。

「まずは仕事の流れに慣れてもらうほうが先だと考えていたから。余裕が出てきたら教えようと予定は立てていたんだ」

その一言に、結真はほっと息を吐いた。司が結真の今後について計画を立ててくれていたことがありがたかったのだ。

「すみません、本当に」

「気にしなくていいから」

暖簾のかかった小部屋に向かう彼についていく。

司は小上がりの脇を進むと、奥の倉庫に足を踏み入れる。一古堂は意外と奥行きがあり、八畳ほどの部屋がまるまる倉庫になっている。天井までの高さの固定された棚があり、骨董品の入った箱が隙間《すきま》なく並んでいる。

「これ、運んでもらっていいかな」

手渡された箱を大事に抱えて小上がりの上に並べていく。桐《きり》の箱のようだが、年数が経ったものらしく、変色している。

「なんについて、聞きたい？」

「なんでも、です。そもそも、お店のお皿がなんであんなお値段がついているのかさえ、わからないし」

畳に正座し、膝《ひざ》の上で手を重ねて結真は素直に打ち明ける。

「まあ、確かにそうだよね……」

司はうなずくと、箱をテーブルの上にふたつ並べる。

司がそのうちのひとつのふたを開けた。中に入っていた皿をそっと取り出す。

テーブルに置かれたのは先ほど売った皿より二回りは大きい皿だ。

「きれいですね。すごく華やかで」

赤や朱や金といった明るい色がふんだんに使われ、白地を埋め尽くす勢いで絵や模様が描かれている。

「これ、全部手で描いてるんですよね」

「そうだよ。伊万里焼は分業制だったからね。土を用意する係、轆轤《ろくろ》を扱う係、絵を描く係とそれぞれ決まってたんだ」

今もそうだけど、と付け加える彼の言葉を聞きながら、結真はふんふんとうなずく。

「すごいですよね、手描きだなんて」

「これは元禄《げんろく》のころの伊万里だけど、このころは町人の経済力がアップしていて、国内の販売量が増大していたときなんだ。派手で豪華な食器に人気が集まったんだよ」

器《うつわ》を指さされながら説明されて、一々うなずきながら聞く。

「確かに、すごくきらびやかですね」

「さて、この皿、いくらだと思う？」

冗談めかして質問され、結真は皿を凝視する。さっき売った手塩皿は、五千円だった。その皿よりも大きいからおそらく高価だろうという推測は立つ。

「二枚で四万とか？」

結真が答えると、司は満足そうに笑った。

「二十五万だよ」

「二、二十五万!?」

予想を上回る高さに驚愕《きょうがく》する。お皿にそんな値段がつくなんて、信じられない。

「どこに二十五万の価値があるんですか……」

「全体的に見ての判断にはなるんだけど、まずは傷がほとんどないことが大きいね。完品は高価になる。あとは製作された時代。物によりけりだけれど、やはり古い時代のほうが値はつきやすい。これは元禄期に製作された金襴手《きんらんで》だけど、状態もいいしね」

「はぁ」

と返事しながら、理解できん、という表現が真っ先に頭に浮かぶ。

つい首をひねってしまうと、司がいたずらっ子の目をした。

「納得できない？」

「はい……」

「すぐわからなくても大丈夫。大切なのは、経験と知識をすり合わせることなんだから」

「経験と知識をすり合わせる、ですか？」

「そう。骨董には偽物《にせもの》がつきものだ。見分けるには、経験と知識のどちらもないといけない」

司の説明を聞きながら、皿を見つめる。たとえば、今似たものを渡されても、見分ける自信はない。

「本物の特徴がわかってないといけない。そのためには、知識がないとだめですよね」

「そうだね」

「でも、知識だけしかないと、本物らしい偽物を見破れないときがある？」

「そのとおり。たとえば、元禄のころの古伊万里のデザインとそっくり同じに作った明治の伊万里があるとする。物によるけれど、値段が百倍違うものもある」

「百倍？」

途方もなさすぎる差だ。骨董という世界の難しさ、奥の深さに怖じ気づく。

「……すみません、軽く勉強しますなんて言っちゃって」

「気にしなくていい」

司は真顔になると、結真がテーブルの上に置いていた手を握った。

漏《も》れそうな悲鳴を懸命に呑《の》み込む。

「結真ちゃんが少しでも骨董に興味を持ってくれるのが、僕はうれしいんだから」

「そ、そうなんですか？」

「そうだよ。遥那ちゃんも翔太も全然だめなんだ。まったく興味を持ってくれない……どころか、骨董には絶対に関わらないって言うし」

「気持ち、わかりますけど」

間違って落としでもしたら粉々になる二十五万円なんて、さわりたいとは思わないだろう。

「楽しいんだけどね、骨董の世界は」

「どこが楽しいんですか？」

「自分の目が頼りってところかな」

「それこそ大変な世界のような」

「失敗するも成功するも、自分の力で決まる。それって、勝負ごとに似て、やりがいがあるってことにならないかな」

結真を凝視してくる目が怖い。

(ていうか、こんなにきれいな顔してるのに……)

言うことが勝負師っぽくて、容姿と差がありすぎる。

「ともかく、わからないからって骨董を避けないでほしいんだ」

「はい、がんばります」

「それじゃ、次の皿なんだけど……」

司は結真の手をあっさり解放すると、嬉々として次の箱のふたをあける。

(教育のためじゃなく、自分が見たいだけじゃ……)

そんな気にすらなってくる。

「この皿はいくらくらいだと思う?」

出されたのは、やや青みがかった白い皿だ。大きさは二十センチくらいだろうか。皿には吹きつけたような藍色のにじみが三カ所。その藍のにじみから白抜きの兎《うさぎ》や雲が浮きだしている。

「可愛いですね」

今に通じるデザインだと素直に思う。結真は先ほどの金襴手と見比べる。

(こっちのほうが、手がこんどるよね)

多種多様な色で隙間なく絵を描き込んだ細密さと比べて、兎がほんわかと跳ねている皿は、手間がかかっているように見えない。

（それに、この派手なほうが古典的って感じやし）

兎の皿には、現代にも通じる新しい感性を覚える。逆に金襴手はいかにも古風な皿だ。

「横から見てごらん」

言われて、横から眺めてみる。兎の皿はぐにゃりと歪《ゆが》んでいた。

（これ作った人、下手くそなのかなぁ）

金襴手にも歪みがあるが、兎のほうが、歪みが大きく見えた。

「あんまり高くなさそうですよね。五万円くらいですか？」

少なくとも金襴手よりは安いはずだ。なんといっても、色は一色なのだし。

上目遣いで様子を窺うと、司がうれしそうに微笑んだ。

「四百万だよ」

「は!?」

息を呑んで、皿と司を何度も見比べる。

「これ、そんなに高いんですか!?」

「まあ多少は上下するけれどね。初期伊万里でも人気の高い吹き墨《ずみ》の皿だから」

司は皿を抱えて、どことなくうっとりとしている。

「潤いのある地肌といい、憂《うれ》いさえ漂う青の色合いといい、すばらしい品だと思う。奇跡的に大きな傷もない。こんなにいい物は、今ではたいてい美術館や博物館にしかない」

「でも、歪んでますよ」

疑問を呈《てい》してみたが、彼は皿をテーブルに置くと、厳《おごそ》かに首を振った。

「これこそ本物の証《あかし》だよ。伊万里焼は磁器《じき》だから、焼くときの温度は千三百度を超える。この温度を維持するのは難しい。今は窯《かま》の温度管理も自動制御できるけど、昔は職人の力量が頼りだった」

「江戸時代ですもんね。燃料は薪《まき》ですよね？」

「そう。薪を入れるときに、どうしても外の風が入るだろう。冷たい風が入ることで一時的に温度が下がる。温度の上下は焼き物を膨張させたり、収縮させたりする」

「歪みの原因ってことですね」

司は皿を慎重にひっくり返した。

「高台が三分の一で砂状の粒がついている。これも初期伊万里の特徴だ」

「へぇ……」

裏の高台と呼ばれる部分なんて、まじまじと見たことなどないが、そこも重要なポイントらしい。

「初期伊万里だから、四百万なんですか？」

「そうとも限らない。市場で人気かどうか、希少性が高いかといった点も鑑《かんが》みて金額は決まる。さらに言えば、どうしてもこの皿がほしいという相手には、もっとふっかけられるわけだし」

「もっと高い値段をつけられるってことですか？」

「そうだよ。買い手や売り手によって値段が上下するのが、骨董の世界だから」

結真は絶句する。とんでもない世界に足を踏み入れているような気がする。

「じいちゃんはこの皿を気に入って、決して売ろうとはしなかったけどね」

「瀬戸さんもそうするんですか？」

「いや、店がやばくなったら、売ろうと考えている」

司はそう言うと、皿を紙に包んで箱に収める。結真は軽く頰《ほお》を引きつらせた。

「……そんなことにならなきゃいいですね」

「うん」

と言いながら切なそうに箱を見ている。

(店、大丈夫なんやろうか)

若干《じゃっかん》心配になる顔つきだ。

「まあ、今のところは健全経営できているから」

「あ、よかったです」

「で、勉強になったかな」

「はぁ」

軽くうつむいてから、顔を上げた。

「めっちゃ難しい世界だってことは、わかりました」

「そうだね」

「あと、やっぱり知識が足りないですよね。知識があれば、あの初期伊万里が高いものだとわかるわけだし」

骨董は、好きか嫌いかだけで判断してはいけないのだ。

「それもそうだけど、逆にわかりやすい特徴を偽物が備えているってこともあるから」

「つまり、初期伊万里の偽物をつくりたければ、高台を口径の三分の一にして、高台に砂状の粒をつけておくってことですか」

「贋作師《がんさく》だって馬鹿じゃない。そういう条件を揃えた偽物を作る。だから、知識だけで判断していると危ない」

「じゃあ、どうすればいいんです？」

「たくさん本物を見るしかないね。美術館や博物館、もちろんうちの店でもいいし、他の店でもいいけど、本物を見て目を養うしかない。そうすれば、物の声が聞こえるようになる」

「物の声が聞こえる、ですか？」

司にある骨董の〝声〟を聞く力。さすがに自分に身につくとは思えないのだが。

「まあ、その前に知識がないとお話にならないからね。結真ちゃんはもう少し勉強しようか」

箱の中に金襴手の皿をしまい、紐《ひも》でくくるとにっこり笑う。

「橋口さーん、ちょっとこっち手伝ってー！」

カフェのほうから遥那の声が聞こえる。

「はーい」

と返事しながら、司に目礼して小上がりから降りる。

（勉強かぁ）

不思議なほど嫌な気がしないのは、そうすることで司の世界を少しでも知れると思えるからだろうか。

（まあ、とりあえず今は仕事、仕事）

頭をカフェに切り替えると、結真は小部屋をあとにした。


翌日のことである。

土曜日のカフェはとにかく忙しかった。

客は地元の常連から観光客まで様々だ。

平日なら暇になる午後二時になっても、客が途切れない。

合間を縫《ぬ》い、黒板消しを持って外に出ると、置いていた黒板のメニュー表から日替わりランチの字を消す。

「あれ、まだ続けようとすると、新人さんは」

からかい気味にかけられた声に、結真は顔をあげた。四人連れの二十代後半らしき女性客がいる。先頭の女性が意味ありげな笑みを口元に刷《は》いている。

いつも顎《あご》を反らしているせいか、上から見下しているようにしか見えない顔の角度が、苦手意識を抱かされてしまう。

「はい、なんとかやってます」

「すぐ辞めると思っとったのに、がんばるねぇ」

「もう、やめんねって、紗季《さき》ちゃん」

と言ったのは、連れのひとりだ。ショートカットの溌剌《はつらつ》とした雰囲気の女性で、細身のチノパンがよく似合っている。

「新人さんこそ大事にせんば」

「彩《あや》はやさしかね。うちの会社の新人なんか、いっちょん役に立たんよ」

残りのふたりが苦笑している。

(この人、なんかきつい性格なんだよね)

東京の会社にいたときの先輩を思い出して、口の中が苦くなってくる。

「席、空いとる?」

紗季に訊かれて、にっこり笑顔でうなずいてやる。

「空いてますよ」

「じゃ、ほら入るよっ」

紗季が先頭に立ち、ぞろぞろと店に入っていく。思わず見送ってしまうと、最後に彩が申し訳なさそうに手を合わせた。

「ごめんね。あん子、ちょっと口の悪くて」

「あ、いえ」

黒板消しを持っていないほうの手を振った。

「気にしないでください」

「ほんと、ごめんね。辞めようって思わんでね」

軽く頭を下げて店に入る。

少し驚いてしまい、口が半開きになってしまった。

（……うわ、いい人やん）

こんなにやさしい人が今時いるなんて、と感動すら覚えてしまう。

「まあ、辞めませんけど……」

辞めたらご飯が食べられないし、奨学金も返済できない。

（それだけじゃないけど……）

ようやく仕事が楽しくなってきたし、しばらくはここにいたい。そんな気持ちになっているのは確かだ。

黒板消しをぎゅっと握ってから店に入ると、遥那がさっきの四人の客に水を出しているところだった。横目に見ながらカウンターに入り、流しで手をすすぐ。

「ご注文は？」

と訊く遥那に、四人の女性たちは思い思いにしゃべりだす。

「ガトーショコラ食べたい」

「この長崎スイーツセットって、胡麻《ごま》豆腐ののっとるやん」

地元人の彼女たちがメニューを指さして笑うのも無理はない。

（わたしも最初、びっくりしたもんね）

長崎スイーツセットは長方形の染付の皿に、カステラと寒《かん》ざらしと胡麻豆腐がのっているものだ。カステラは言うまでもなく長崎の名産品。寒ざらしは小粒のもちもち白玉を砂糖と蜂蜜《はちみつ》で作ったシロップに浮かせた島原《しまばら》という地域のデザートだ。これは透明なガラスの器に入れて皿にセットする。

（ここまではいいんやけど）

問題は胡麻豆腐だ。長崎の胡麻豆腐は胡麻プリンといっていいほど甘く、ぷるんと弾力のある食感が特徴だ。しかし、スイーツではなく、どちらかというと突き出しのノリで食べられることが多い。

この胡麻豆腐は立法体に切ってから皿にのせられる。色が茶色のため金箔《きんぱく》を飾りに散らすのだが、三品揃って皿にのった姿は、なかなか様になっている。

「観光客には喜ばれるんですよ。長崎の名物が一度に食べられるって。胡麻豆腐って、よそでは甘くないらしいから」

「あ、わたしの彼も言いよったわ。長崎の胡麻豆腐って激甘やけん、びっくりするって」

「彩の彼氏は東京の人やもんね。そりゃびっくりするたい、胡麻豆腐の甘かとば食べたら」

「えっ、胡麻豆腐って甘かとがふつうやろ?」

「なん言いよっと。よその胡麻豆腐は甘くなかとよ」

と笑っているのは、紗季だ。

遥那はペンを注文用紙に当てて構えつつも、にこにこしている。

「ネタにはなってるみたいですよ。長崎の胡麻豆腐は甘いんだよーって」

「へえ」

「写真撮ったりしてますよ」

「そいでSNSにのせるとたい」

「まあ、ネタにしかならんよね」

笑いあう女性陣は、女子高に似た空気を醸《かも》し出している。

「早く決めようで。食べんやろ、胡麻豆腐は」

「いつでも食べられるしね。あたしはベイクドチーズケーキでよか」

「あたしもそれで」

遠慮のない会話は続く。結真はカウンターでコーヒーを淹れる準備を始めた。

コーヒー豆を挽きつつ店を眺め渡す。

テーブル席は満席だが、今のところこちらを呼ぶ仕草を見せる客はいない。

いったん沸《わ》かした湯を、火を止めて落ち着かせると、分量どおりに粉を入れたドリッパーに湯を注ぐ。粉を蒸らしていると、先ほどの客の会話が聞こえてきた。

「そういえば、彩の彼氏さんは、去年、東京にマンション買うたとやろ。ふたりの新居？ねぇ、新居？」

「違うよ」

「よかねー、東京かぁ。あたしも付き合うなら、東京の男がよかったばい」

「もう遅かやろ、結婚しとるやんね」

「今からでもやり直せんかな」

「無理、無理！」

蒸らした粉に湯を細く注ぎながら、結真はつい彼女たちを見てしまう。

（すごいあけすけやなぁ）

カフェに勤めだして改めて思ったことだが、女子同士の会話は、けっこうえげつない。そんなことを公《おおやけ》でしゃべっていいのかという話題が宙を飛び交う。

（お客さん側のときは、ほぼ気にしてなかったよね）

おしゃべりに夢中になっていたけれど、店員には案外聞こえてしまうものだと痛感する。

粉がこんもりとふくらんで、コーヒーの香りがふわりと漂う。

（いい匂い……）

仕事中だというのに、コーヒーの香りを嗅《か》ぐたびに癒《い》やされる。

遥那がトレーにケーキをのせてやってくるのが見えた。ベイクドチーズケーキもガトーショコラも自家製で、小麦粉を使わず焼成するため、非常に濃厚な味わいだ。

できあがったコーヒーをカップに注ぐ。波佐見焼の白いカップには、染付風の藍の色で縦線がすっきりと描かれている。単純なデザインだが洒落《しゃれ》ている。

色も香りも及第点であることを確認すると、カウンターの内に来た遥那がカップをトレーにのせていく。

「橋口さん、端っこのお客さん、お冷がなかごたるけん」

何食わぬ顔をしてささやかれ、結真は小さくうなずいた。

遥那は結真より観察眼がある。

レモンとミントを漬けたウォーターピッチャーを手に店内を回ってお冷を注ぐ。

件《くだん》のテーブルに寄り、控えめに声をかけると、お冷を注ぎ足す。

「そういえばさ。彩の彼氏は、出向終わって東京に帰る予定なんやろ?」

紗季の問いに、彩が小さくうなずく。

「元おった部署に辞める人のできたとって。やけん六月ごろかな。急遽《きゅうきょ》、帰ることになったって」

「で、どうなると?」

「どうなるとって?」

「やけん、結婚の話とかしよらんと?」

「うーん、まだかな」

なかとやけん！」

「はぁ？　ちょっと話進めんば。東京の商社マンなんか、ほぼほぼゲットできるチャンス
「うーん、でもねぇ」

二十代後半女子の会話は生々《なまなま》しい。

「あんまりあせったところば見せたら、ドン引かれそうやし」

「そげんのんびりしよったら、東京の女子に盗られてしまうよ」

紗季はテーブルに身を乗り出して、ぐいぐい攻める。

「早《はよ》う決めさせんば」

「うん、そうやねぇ」

彩は困った顔をしている。

「まぁ、あせらんでよかさ。彼氏さんで本当によかかどうかわからんよね」

「そうさ。だって、趣味悪かけん」

くすくすと笑いあう残りふたりに、彩はため息をついた。

「そうたい。趣味の悪かとやもん」

「趣味の悪かって、なん？」

不思議そうにしている紗季に、ふたりは顔を見合わせてから口々に言う。

「だってさ、彩にいきなり壺ばやるとよ」

「要らんよ、ねぇ」

と顔を向けられ、彩はフォークをベイクドチーズケーキに突き刺す。

「要らん！」

「なんで壺？」

「なんかね。お客さんからお礼にもろうとったらしかとけど、あの人、そろそろ荷物の整理ばせんばって言いだしてさ。この間、うちで飾ればって置いていったとよ」

「邪魔かだけたい。もっとマシなの寄越せばよかとに」

憤慨《ふんがい》しているのは、紗季だ。

「よか壺？」

「知らん。なんか、ガラクタの山からくれたらしかよ。やけん、たいした価値はなかっちゃ」

「瀬戸さんに鑑定《かんてい》してもらえばよかたい。高く売れるなら、売ってしまえば」

そんな誘いをかける紗季に、彩はフォークの先でベイクドチーズケーキをつんつんと突いた。

「でもねぇ。もらったもんやけん」

「もらったもんなら、どう処分してもよかたい」

「そうさ。まじで要らんもん。さっさと売るに限るたい」

周りの友人に煽《あお》られても、彩の迷いは去らない。

「でも……」

「売れるもんなら、売ればよかさ。壺なんか家にあっても、どげんもならんとやけん」

「本当。男ってなんでいまいちなプレゼントしかくれんとやろ。あたしの旦那もそうばい」

「わかる！　自分で選ばせろって思うもん」

「アクセサリーはマジで選ばせろって思うね。なんか店員の言うとおりに選んだとやろうなーって微妙な物ばくれるとやもん」

「そいは仕方なかさ。自分じゃ使わんとやけん」

「彩、やさしー。でも、彼氏にはもっと厳しく言ってよかとよ」

「そうさ。圧ばかけんば、圧ば」

と熱っぽくなっていく。

周囲のお客さんもちらほらと見ているから、気になる会話かうるさいかのどちらかなのだろう。

（も、もう少し声抑えてくださいー！）

心の中で必死に訴えると、彩が既婚らしき友人に顔を向ける。

「教えて。どうやって圧ばかけたと？」

「は!?　あたし!?」

とフォークで自分を示したあと、ちょっぴり恥ずかしそうに咳払いした。

「あたしは……別に……圧なんて……」

「もうだめって、こん子に訊いても。のろけられるだけやけん」

紗季がわざとらしく肩をすくめる。

「のろけたことなかたい」

「なん言いよっと、旦那とまだ付き合っとったときから、散々のろけられたばい、くんちの根曳《ねびき》ばしよるときの写真ば見せてさぁ。かっこよか、かっこよかって」

「だって、本当にかっこよく見えたとやもん！」

「わかるけどさぁ」

「あんた、くんちの根曳ばしよるときなんて、そこらのおっさんでもかっこよく見えるわ！」

容赦のない紗季のツッコミに、結真はあわてて厨房に逃げた。

（やばい、うける）

くんちとは長崎市内の最大のお祭りだ。龍踊りや獅子《しし》踊り、川船といった趣向をこらしただしものを長崎の祭神である諏訪《すわ》神社に奉納する。根曳は川船などを引く男衆を指すのだが、着流し姿で船を動かす。祭りのときの精悍《せいかん》な姿が、やたらとかっこよく見えるのは否めない。

「うけるよねぇ」

澄《す》ました顔で逃げて来た遥那が、結真の顔を見るや噴きだした。

「しっ、仁田さん」

「ごめん」

「なんしよっとや」

コンロから勢いよく顔を向けたのは、仏頂面の翔太だった。鍋を揺すって、トルコライス用のスパゲッティを仕上げている。

「いやね、くんちの根曳ばしよるときは、男の人のかっこよう見えるよねって」

「そいけん、なんや」

「それでね。そういうときに好きになったり」

「はぁ、くだらん。そげんときに惚《ほ》れても意味なかやろうが」

突き放すように言われて、互いに顔を見合わせる。

「ふだんが一番大事やろうが。暇なら手伝え」

ただでさえ怖い顔に怒りの感情をのせられて、結真はひっと悲鳴を呑む。

しかし、遥那は怯えるどころか顎をそらして反論する。

「ちょっと笑える話ばしただけばい」

「せんでよか、はよ手伝えさ」

「はいはい」

雑な応対に、結真は呆気にとられる。

客の呼ぶ声がして、結真はあわてて店内へと戻った。

ゴールデンウィーク前の週半ば。閉店間際のカフェはそれなりに客がいるものの、ラストオーダーの時間を過ぎているせいか、まったりとした空気が漂っている。

骨董店に移動して棚を拭いていた結真は、店の扉が開く音に目を向けた。

「いらっしゃいませ……」

迎える声に戸惑いがにじんでしまう。

入って来たのは彩だ。手には風呂敷に包まれている大きな箱を持っている。

「こんにちは。瀬戸さん、おらす？」

「あ、はい、いますよ」

結真が暖簾の向こうに呼びかけると、司が出て来た。

「いらっしゃいませ。何か」

「あの、壺を見てもらいたくて」

「お売りになりたい？」

「そういうわけじゃ……いや、売ってもいいかなとは思っているんですけど……」

歯切れの悪い物言いに、結真はこの間の会話を思い出す。

（あの、彼氏さんからもらったっていう壺のことかぁ）

散々、彼氏の趣味が悪いとからかわれていたが、結真も骨董を知らないときに壺をもらったとしても困るだろうなとは思う。

「見てもらっていいですか？」

「もちろん」

小上がりに案内する司を見送ってから、結真は厨房に行く。

作り置きしていた水出し緑茶を湯のみ代わりに使っている猪口《ちょく》に注ぐ。

江戸時代の古伊万里にも描かれたという蛸唐草《たこからくさ》を模《も》した波佐見焼は、レトロで可愛い。

お茶菓子にしている口砂香《こうさこう》と茶を運ぶと、司が風呂敷をほどいている。

「これは千綿《ちわた》さんが包んだんですか？」

どうやら彩の苗字は千綿らしい。茶を出すと、彩が結真に目礼しつつ答えた。

「違います。あたしは壺なんか興味ないから、もらったまんま放置してたんです」

「そうですか」

「壺なんか、もらっても困るでしょ。うちはアパートだし、部屋は狭くて……。どこにも置くところないんですよね」

「これをプレゼントされた方も、もしかして開けていない？」

結び目をようやくすべてほどいて、司は風呂敷を広げた。

「みたいです。彼氏は長崎の系列会社に出向している商社マンなんです。で、仕事の関係で知り合った業者さんを東京の本社と繋げたことで、すごく感謝されたらしくて。それで、お礼にってもらったそうです。なんていうか……ガラクタがいっぱいある物置に連れて行かれて」

「そうですか。そのガラクタ、僕は興味がありますけどね」

司はズボンのポケットから取り出した手袋をはめた。

「箱書きはないですね」

そう言いながら、箱のふたをそっと開ける。

箱書きは箱に書かれているいわれや産地、所有者名などのことだ。鑑定の際の手がかりになることもあるが、これも偽装できるのだと教えてもらった。

司は壺を覆う紙を丁寧《ていねい》にめくると、あからさまに頬を強ばらせた。

「彼が言うには、売ったらちょっとした金額になるかもしれないって言われたらしくて。でも、彼、興味がないから部屋にほったらかしにしていたんですよ。ていうか、これ、縁が欠けてるじゃないですか」

「そう、ですね」

「あー、がっかり。やっぱり大した物じゃないんですね」

彩は茶を飲みながら、あからさまに落胆《らくたん》の声を出す。

結真は傍《かたわ》らから身を乗り出して、壺を見る。

大きさは三十センチほどだろうか。もとは白地なのだろうが、うっすらと土埃《つちぼこり》をかぶった壺に、激流から飛び上がる鯉《こい》が鮮やかな朱色で描かれている。

壺の口は割れがあるし、金継ぎで補修した跡まであった。

（なんか、確かにがっかりかも……）

司は壺をそっと取り出すと、テーブルにのせた。

鯉は壺の口に向かって水から飛び上がっている。

司はなんとなく不機嫌そうに、だが、隙なく壺に視線を滑らせていた。

「その魚、あんまり可愛くないですね」

彩は口砂香を食べながら、肩を落とした。

「やっぱり趣味悪いわ。あの人、本気で教育的指導が必要だわ。くれるなら、指輪とかくれればいいのに。あっ、そういう意味じゃないですけどね」

彩は手を払いながら、あはは、と笑っている。結真はどうにも反応に困り、口角を持ち上げてお愛想《あいそ》笑いをする。

「で、でも、いいですね。東京の商社マンで、こっちの関連会社に出向っていったら、きっといい会社にお勤めなんでしょう?」

「まあ、そうなんですよ。二年前にこっちに来たとき、本人はすごく落ち込んでいたんですけどね。左遷《させん》されたって」

「へえ」

「でも、今回、東京に戻れそうだから、すごく喜んでました」

「そうですか、よかったですね」

結真は自分のことのようにうれしくなる。

このままうまくいけば、商社マンの奥さまになるのだろうか。彼女のやさしい性格に好感を覚えているから、うまくいけばいいなと願ってしまう。

「……お売りになりますか?」

司がようやく目を離すと穏やかに問う。

（あれ？）

なんだか、いつもよりまとっている空気が剣呑《けんのん》な気がする。

「売ってもいいんですけどね。彼氏も要らないって言ってあたしにくれたわけだし、あたしがどう処分してもいいわけだし」

「そうですね」

「でも……」

彩はうつむいた。ショートヘアーの横顔はなんだか寂しげだ。

そのとき、スマートフォンの着信音がした。彼女は脇に置いていた有名ブランドのショルダーバッグからスマートフォンを取り出すと、にこやかに会話しだす。

「ん、じゃ、そこで」

通話を終えてスマートフォンをバッグにしまうと、彼女は手を合わせた。

「瀬戸さん、その壺、ちょっと預かってもらえます？」

「はい？」

「まだ、決めかねてるんですけど……。でも、売るかどうか、近いうちに決めますから。ちょっとの間だけお願いします」

「かまいませんが」

「あたし、今から人と逢《あ》うんで」

うきうきした様子を見ると、もしかしたら彼氏かもしれない。

「じゃ、お願いします」

小上がりを降りると、彩はまったく未練もない足取りで、外に出て行く。

「ありがとうございました」

店の外で彼女を見送ってから店内に戻る。

(うん?)

司は壺をしっかり抱いて、カフェの厨房に向かっていた。

(なんやろ)

結真は飾っている骨董を丁寧によけながら棚の拭き掃除を続ける。そうしていると、またもや壺をしっかり抱いて司が戻って来た。

「結真ちゃん、ちょっと」

声をかけられて、結真は暖簾をくぐる司に続いた。小上りにのぼり、壺をそっとテーブルに置く彼の前に座る。

(なんかしたやろうか……)

もしかして、反省会でも始まるのか。そんな危惧《きぐ》を抱きながら司を見つめると、彼は大きな息を吐いた。

「結真ちゃん、この壺を見てくれ」

厳かに命じられて、結真は目の前の壺をしげしげと眺めた。

「もしかして、洗ったんですか？」

「ああ。埃をかぶって、あまりにも可哀想《かわいそう》な状態だったから」

「可哀想……」

最近わかってきたが、司は骨董を偏愛している。

前から片鱗《へんりん》は見えていたが、一緒に勉強しようと言いながら、自分が倉庫の骨董を飽《あ》かずに眺めているのだ。

『この蓋《ふた》つき碗《わん》、松竹梅に鶴亀《つるかめ》まで描かれて、すごく縁起がいいだろう。だから、年末年始に飾っているんだ』と言いながら金襴手の碗を見せてきたり。

『この長崎更紗《さらさ》、中国風の唐草模様が可愛いと思わないかい？』と語りながら古びた布を広げてみたり。

（わたしを教育したいんじゃなく、完璧にあなたの趣味ですよね？）

とツッコミたくなるのは、平常運転である。

「きれいになりましたね」

結真は一応褒めた。

（いや、本当にきれいになったわ）

清らかな白地にたっぷりと余白をとって鯉の絵が三方に描かれている。熟柿《じゅくし》の色をした鮮烈《せんれつ》な朱色が、かえって白地の美しさを際立てているすばらしい壺だ。勢いよく水から跳ねた鯉は、まるで天を目指しているかのように勢いがある。

「意外にすてきですね。丁寧な絵だし」

「これは江戸時代の伊万里焼だよ、結真ちゃん」

司は厳かに告げる。

「へぇ、そうなんですか」

「しかも、柿右衛門《かきえもん》様式の壺だ」

「へえ、柿右衛門様式。聞き覚えがありますね」

結真は習ったことを思い出す。

伊万里焼は時代ごとに特徴がある。

日本で最初に焼かれた磁器である初期伊万里は、稚拙《ちせつ》ながらも独特のぬくもりがある。明《みん》と清《しん》の王朝交代期に出島《でじま》から輸出された柿右衛門様式は、濁し手《にごして》と呼ばれる白地に絵画のような筆さばきで花鳥《かちょう》を描いたものだ。

古伊万里と呼ばれる金襴手は、町人文化が花開いた元禄時代に富裕な商人から愛された華やかな焼き物だ。

「柿右衛門様式って、伊万里焼の中でもすごく高い評価を得ているんですよね」

「そうだよ。白く輝く濁し手、そこにたっぷりと余白を持って鮮やかに描かれる端整な絵。圧倒的な美しさだ」

目の前の壺を見る司は、顔を近づけたり離したりしながら、大きくうなずく。

「僕の脳はこれを柿右衛門と認めるよう命じている。とはいっても、気になることはあるんだけど……」

「気になることってなんですか？」

「いや、典型的な絵とは違っているからね」

司は腕を組んで難しい顔をしている。

「でも、柿右衛門様式のときは、中国風の絵が多いんですよね？」

「当初は中国が混乱していたときの代替え品だったからね。輸出する欧州で人気の中国風の絵を描いていたんだ」

「鯉も中国ではおめでたいですよね？」

と結真は仕入れた知識を披露する。

中国を流れる大河・黄河《こうが》の中流にあるという竜門《りゅうもん》を越えた鯉は竜に変じるという伝説から、鯉は立身出世の象徴となった。中国のおめでたい絵図に男の子が鯉を抱くという図があるが、それも子の栄達を祈って飾るものだ。

「確かにそうなんだけど……」

司はテーブルに肘をつくと、手を組み合わせた。

「まあ、しかし、例外があることを否定はできないから……」

とぶつぶつぶやいている。

「ともあれ、柿右衛門なんですよね。この壺、いくらくらいの価値があるんですか？」

「一千万」

こともなげに答える司を見てから、壺に目を移す。

「……冗談ですか？」

「冗談じゃなく、一千万の値をつけられるんじゃないかと思う」

はっきりと断言されて、壺をまじまじと見つめた。

「本当に？」

「うん。完品であれば、もっと高く値付けできたんだけど……」

司は唇を噛んだ。

「おそらくは蓋があったと思うんだけど、ないのは紛失か、それとも損壊か……。ホツもあるし、なによりこの補修痕《こん》もあまりうまくない」

金継ぎの部分をそっと撫《な》でる司は、子の怪我《けが》を心配する親のようだ。

「物によっては補修痕でも風情があるけど、こんな雑な仕事、許されるはずがないよ」

「それで、どうするんですか？」

結真は壺を眺めつつ問うた。

「どうするって？」

「この壺、買うんですか？」

「売ってくれると言うならね」

「一千万で？」

結真はごくんと喉《のど》を鳴らす。司に一千万の壺を即買い取るだけの資産はあるのだろうか。

「……結真ちゃん、千綿さんはなんて言っていた？」

「え？」

結真は人差し指を顎に当てて、目を天井に向けた。

「……大した物じゃないんですねって言ってましたね」

「それから得られる推論は？」

「千綿さんは、この壺の正確な価値をわかってないということですよね」

壺を持参した彼女はもとより、彼女に壺をあげた彼氏も、その彼氏に壺をやった業者も、みな壺を安物扱いしている。

「結真ちゃん。大した物じゃないと思い込んでいる壺を、僕がいくらで買い取ったら満足する？」

「それは……」

少し考えて、控えめに答えた。

「五万くらいなら……」

買ってもらうにしても、大した額にならないと予想していた壺だ。五万で買ってもらえるなら、感激するだろうけど――。

「僕の予想もそれくらいだ」

「五万で買って、一千万で売るんですか？」

儲《もう》けは九百九十五万。えげつない額だ。

「まあ、こんな商売はめったにできないよ」

「そうですよね」

「鑑定してほしいって持ち込まれた品が、金額のつけられない贋作ということは、けっこうある。でも……」

壺に目を細めて、司は満足そうにうなずく。

「だからこそ、本物は尊い。大切にしなきゃいけないし、大切にしてくれる人間に渡したいんだ」

「お金じゃないってことですね」

「いや、お金は大事だよ、結真ちゃん。お金がないと、結真ちゃんたちに給料を払うことだってできないわけだから」

「そ、そうですね」

結真は同意を込めて大きくうなずく。

「お金は大事ですね、で、でも、本当に五万で買うんですか?」

結真は上目遣いでたずねる。ごくりと喉を鳴らしてしまうのは、なんだか彩を騙《だま》しているように思えてしまうからだろうか。

司は口角を持ち上げ、皮肉っぽく笑う。

「結真ちゃん、僕らの世界では、見る目がない奴が悪いんだよ」

言われて、反論ができなかった。

贋作や写しがあふれる中で本物を見いだす。そのために必要なのは、ただ自分の〝目〟だけだ。〝目〟を持たない人間——実力がない人間が損をする。それは仕方のないことなのだろう。

「瀬戸さんの言うとおりです」

と答えながら、なんだかしょんぼりしてしまうのは、罪悪感を拭《ぬぐ》いきれないせいだろう。

「まあ、この壺には、他に気になることがある」

「気になることってなんですか?」

「〝声〟が聞こえたんだ」

皮肉な口ぶりから一転し、真剣に打ち明けられた内容を聞き、結真の背に力が入る。

「声がきこえたって……壺の声がですか?」

「捨てられたくないと言ってたよ」

「捨てられたくない……」

意外の念に打たれる。

「壺が千綿さんと離れたくないって言ってるんですか?」

結真は軽く首を傾げた。

「古い物が語るのは、今の持ち主とかつての持ち主の想いが重なったときだよ」

司はこめかみを指で押さえて、思案する表情だ。

「今の持ち主が千綿さんでしょう?　かつての持ち主って誰のことですかね。業者さんか彼氏さんだとして、壺を本当は手放したくなかったとか……。あっ、でも、しっくりこないですね」

腕を組んで天井を見る。茶室めいたこの部屋の天井板は、昔の一古堂の杉の天井板をそのまま使ったらしく、木目が美しい。

「わかんないですね、その声の意味」

「うん……」

ふたりして押し黙ると、遥那の「ありがとうございました」という声が聞こえてきた。司が腕時計を見る。常にはめている時計も年代物なのか、今の時計にはない重みがあった。

「気になるから、一応、調べてみようかな、壺の出所を」

「わかるんですか？」

「伊万里には昔の焼き物の売買記録が残っているとはいうけれど……」

期待薄、という顔つきで言う。

「伝手《つて》を辿って探してみるよ」

「はい」

結真はうなずいてみたが、こうなると自分には何もできないと失望が生まれる。

（やっぱり勉強しないと駄目だなぁ）

休日には、図書館や博物館に行って、少しでも知識を蓄《たくわ》え、目を養おうとしているが、自分にはあまりにも足りないものが多すぎる。

「あんまり力になれなくて、すみません」

「なってるから、大丈夫」

司が手を伸ばして頭を撫でてくる。頭を撫でられるなんて、父親に撫でられた以来だから、顔面が急に熱くなってきた。

（お、お、落ち着いて）

何も深い意味のない、むしろ子ども扱いしている動作なのに、なぜ心臓が高らかなリズムを刻むのか。

「子どもじゃないですからっ」

「あ、そうだね」

司があっさりと手を引っ込める。結真は真っ赤になっている顔をさらしたくないあまり、大あわてで小上がりを降りた。


来るか来るかと待ちかまえている彩はいつになっても店を訪れることはなかった。ゴールデンウィークを迎えて、骨董店はともかく、カフェはいつものように忙しかった。

（あれ、紗季さんだ）

カフェの隅のテーブルには、彩と一緒に来ていたあの紗季が座っている。

今日は友人とふたりでお茶を飲みに来てくれたらしいが、司にスマートフォンを見せて笑っている。

（瀬戸さん、おらんと？　って訊くお客さんは、ああいう感じになりたいのかぁ）

結真が雇われる前は、司も頻繁《ひんぱん》にカフェの店頭に出て来ていたらしい。

ところが、そうなると、骨董店のほうの店番ができないし、なにより接客ができなくなってしまう。

骨董を買うときに、店主と何も話さず一見で買うという人は珍しい。たいていの人間は説明を求めてくるし、店主もそれに応える。

（そもそも、この店《うち》は外に置いている商品を厳選しているんだよね）

司が一古堂を骨董カフェにしたのは、コーヒーを飲みに来たお客さんが骨董に興味を持ってくれたら、という動機からだ。そのため、店頭に置いてある商品は、季節に合った品、手ごろな値段の品、また眼鏡橋《めがねばし》は観光地ということから長崎らしい品、というようにコンセプトをはっきりと決めている。

つまり、それ以外の品は倉庫にあるため、そっちが見たいという客には、必然的につきっきりにならざるを得ない。

結真が雇われたのは、司に時間を作ってやるためなのである。だから、司がカフェの店頭に出なくなったのは当然至極のことなのだが——。

『でも、それにガッカリっていうお客さんがけっこうおるとさね』

とは遥那の言だ。

つまり、司の顔を見に来ていた客がいたということなのだろう。

（そうなると、わたしは邪魔者なんよね）

ため息を呑み込んでから、注文を厨房に通す。

「結真ちゃん、用紙はそこ貼っといて」

「おい、ぼーっとすんな、焦げるぞ」

「黙っとって」

翔太と遥那が、鬼気《きき》迫る空気を発しながら調理をしている。

結真はできあがった日替わりランチ——艶々黄金《こがね》色のキッシュと鶏《とり》のトマト煮などがワンプレートになったものだ——をトレーにのせると、静々《しずしず》と厨房を出た。

司は相変わらず紗季に捕まっている。

結真はそっちを見ないように努めると、これでもかという笑顔を浮かべて日替わりランチの皿をカウンターの客に提供した。


足どころか腰がパンパンになるほど働きづめのゴールデンウィークを終えると、結真はひとりで長崎歴史文化博物館に来ていた。

（安らぐわー）

ガウチョパンツのポケットに手を入れて、常設展示室の皿や長崎刺繡《ししゅう》を眺める。

「あ、これきれい」

青貝細工といわれる細工を施《ほどこ》されたきらびやかなキャビネットがガラスの向こうに鎮座

している。青貝細工とは、薄い貝の裏に彩色を施す特殊な螺鈿《らでん》細工だ。その技法を使って、漆工品《しっこうひん》を美しく彩る。かつて、長崎から異国へ輸出された工芸品なのだという。

「昔の人はすごかよねぇ」

全部が手仕事だ。貝を一枚一枚貼っていくなんて、途方もない手間に思える。

(伊万里焼とかの焼き物もそうだよね)

たとえば唐草模様の壺や猪口。ミリ単位の隙間を残して、細密な模様を器全体に描くのだ。今ならプリントで簡単にできることを、筆を使って描いたのだから、本当に恐れ入る。

(瀬戸さんも、そういうところが好きなんだろうな)

古くて貴重なだけでなく、磨いた技術が注ぎ込まれた作品はすばらしい。

だからこそ、強く惹《ひ》かれてしまうのではないかと思う。

すべて見て回ってから、展示室の外に出る。

(今度、東京に行ってみようかな)

東京には公設、私設を問わず、無数の美術館や博物館がある。骨董店もたくさんある。

『やっぱりね、いい物は東京に集まるよ』

司は長崎の高校を卒業してから東京の大学で学んだというが、そのときに祖父の知り合いの骨董店で修業をしたのだという。

『おもしろい時間だったよ。失敗も山ほどしたけど』

と思い出話を語る司は、本当に楽しそうだった。

(東京にいたときに、博物館とか、もうちょっと行っとけばよかったなぁ)

仕事に明け暮れていたけれど、こうなることがわかっていたなら、少しでも身になる経験をしておくんだった。

今さらながらの後悔をしつつ、二階の展示室から階段を使って一階のエントランスホールに下りる。

(うん?)

一階には資料閲覧室《えつらん》があった。ガラス扉の向こうでは、係員がカウンターの奥でパソコンを操作している。

結真はふらりと中に入った。

(なんかないかな。あの壺にまつわる情報とか……)

女性の係員に近づくと、すみません、と切り出した。

「長崎の骨董にまつわる資料ってありませんか?」

「骨董ですか?」

戸惑ったような表情の係員に少々焦る。

「あの、なんていうか……骨董の来歴とか、豪商が集めていた骨董について書いてる本とか……」

支離滅裂《しりめつれつ》に聞こえないように説明すると、係員がパソコンに何かを打ち込む。

「少々、お待ちください。近い資料をお持ちしますので……」

と言って席を立つ。

空いている椅子《いす》に座って待っていると、彼女が黄色どころか茶色っぽくなった紙の本を持って来た。

（うわぁ）

ふだんの生活ではめったにお目にかからない古さにおののく。

「明治時代の長崎の旧家について書かれた本です。参考になるかどうかわかりませんけど……」

「どうもありがとうございます」

「貴重な資料なので、手を洗ってからご覧になってください」

「あ、わかりました」

資料室の中にある手洗い場で手を洗ってから、席に戻る。ショルダーバッグに入れていた、店で使う白手袋を取り出して手にはめる。

（正直、参考になるかわからんけど）

何もしないよりましだし、なによりわざわざ資料を探してくれたのだから、読まないわけにもいかない。

結真はさわっただけで破れそうな本のページを丁寧にめくっていく。

書いている文章も馴染みのない文語体で、完璧には理解できないものの、斜め読みしながら半ばまできたときだった。

（うん？）

旧家の応接室と思《おぼ》しき部屋に、壺がある。その壺の絵柄が——。

（あの壺たい！）

水から跳ねる鯉の壺だ。白黒で描かれてはいるものの、構図などかなり似ているように思う。

（もしかして、これ、本当にあの壺のこと？）

司は類例にない壺だと言っていた。

あれから結真も調べたが、柿右衛門様式の皿や壺に書かれている絵は端整な花鳥が多い。岩梅《いわうめ》に鳥、もみじに鹿《しか》、竹に虎《とら》、粟《あわ》に鶉《うずら》など典型的なパターンもあるらしい。

（決まったパターンからはずれた絵なら、この絵とあの壺が一致する可能性は、ぐっと高まるやん！）

結真は勢いよく立ち上がると、本を慎重に抱えて係員のところに行く。

「どうされました？」

「あの……これ、コピーとかできませんか？」

「コピーはできないんですよ。写真なら撮ってもかまいませんが」

「写真、撮らせてください」

撮影台やライトなど道具を借りると、バッグに入れていたデジタルカメラで十を超す写真を撮る。礼もそこそこに博物館を出ると、早足で歩きだした。

（やばい、早く見せたい）

ここから坂をくだって十五分も歩けば、一古堂につく。

ひたすら歩き、眼鏡橋を渡ると、結真は店に飛び込んだ。

「せ、瀬戸さん、います？」

暖簾をくぐってあらわれた司は、不思議そうな顔をした。

「結真ちゃん、今日、休みだったよね」

「それどころじゃ、ないんです。見てほしいものがあって……！」

結真は急ぎつつ、しかし落とさないように用心してデジタルカメラを取り出すと、司に示した。

「博物館に行ったら、あの壺そっくりの絵が、描かれた本を見つけて……！」

ぜぇぜぇと息を切らしながら説明する。司はデジタルカメラの写真を見ると、表情を引き締めた。

「結真ちゃん、それを貸してもらえるかな」

うなずく結真からカメラを受け取ると、司は暖簾の奥に入った。あとを追うと、パソコンにカメラを接続して操作をしている。

「印刷して、確認してみるから」

「はい」

「結真ちゃん、よく見つけてくれたね」

ねぎらいの言葉に、とっさに返事ができなくなる。

（う、その笑顔は反則と思う）

あたたかい微笑みに胸の中心を衝《つ》かれる気がして、結真は視線を斜めに落とした。

「ぐ、偶然ですから」

「偶然を引き寄せられるのも、才能だよ」

プリンターが吐きだした紙を手にすると、司は小上がりに腰かけた。手招きされて、おずおずと隣に座る。

「壺はオランダ商館長《カピタン》から馴染みの遊女に餞別《せんべつ》として贈られたものと書いてあるね」

「オランダ商館長って出島《でじま》にいた？」

出島は江戸時代に交易に訪れたオランダ人を隔離した人工の島だが、オランダ商館長はそのトップだった。

「そうだよ」

司は十数枚ある紙を確認してから、じっと考え込んでいる。結真は頭にある知識を引っ張りだして質問に変えた。

「遊女って丸山《まるやま》の？」

江戸時代、長崎の丸山には吉原《よしわら》のような遊郭《ゆうかく》があった。長崎の町人や上方の商人が通った丸山の遊女たちは、それ以外にも客を持っていた。出島のオランダ人に唐人屋敷の清人だ。

「そう、丸山の遊女だ。出島には、遊女以外の女性は入ってはいけないと決められていたからね」

と答える司は、プリントされた字を追いながら険しい顔をしている。

「なんで丸山の遊女しか入れなかったんですか?」

「一般の町人とは交流してほしくなかったんだろうね。遊女も隔離《かくり》された存在だから、隔離された者同士だったらいいと思ったんだろう」

司はようやく紙から目を上げた。

「それに……言いにくいけど、性欲を解消するためにも、遊女が必要だったんだ」

「は!?」

「出島に滞在するときは、妻子を連れて来てはならないと決められていたから」

「そ、そうですか」

はっきり言い過ぎだろうと思ったが、司はいきなり立ち上がった。

「結真ちゃん、僕は明日から東京に行くよ」

「は!?」

「しばらく帰れないけど、店をよろしく」

「よろしくって、え? え?」

「今から飛行機のチケット取らなきゃいけないけど、あるかな……」

司はパソコンの前に座ると、操作を始める。結真は啞然《あぜん》として、彼の背中を凝視した。

いきなり東京に行くと言いだした司は、翌日、本当に東京に発《た》ってしまった。

それから五日経つが、まったく音沙汰《おとさた》はない。

店にぽっかりと暇が生まれた午後二時、結真は厨房の隅にある小さなテーブルに座る。

二人がけくらいの丸テーブルは賄《まかな》いを食べるときに使うものだ。水の入ったグラスをテーブルに置いて椅子に座ると、結真はほっと息をついた。

ランチの喧噪《けんそう》もひと段落したブレイクタイムだ。いつもはバッグに入れて骨董店の奥にある棚に置いているスマートフォンを、チノパンのポケットから取り出す。テーブルに置いて、天気予報の画面をあけた。

(東京の天気、雨かぁ)

「傘持っとるかな」

「傘くらい買うやろ。ほれ」

翔太が目の前に出した皿にうわぁと歓声をあげた。

「トルコライスとか、超久しぶり」

清潔感のある白磁《はくじ》の皿にのっているのは、ドライカレーとトンカツとスパゲッティが一緒に盛り合わせてあるトルコライスだ。別に出された青磁《せいじ》の皿には、ベビーリーフやレタス、極細切りのにんじんとアボカドをまぜたサラダが自家製ドレッシングと和《あ》えて盛られている。

「このトルコライス、正統派のほうですよね」

トルコライスは長崎名物の料理だ。ドライカレーもしくはピラフ、トンカツ、ナポリタンスパゲッティが一皿に盛られた、ボリュームたっぷりの〝大人のお子さまランチ〟である。

「まあ、そうやな」

「すごいボリューム。いただきまーす！」

パンと手を合わせて、まずはドライカレーをスプーンですくって頬張る。

「あ、カレー感、すごい」

「カレー感ってなんや」

翔太が目の前の椅子に座ると、グラスの水を飲んだ。翔太は、仕事中はほとんど食事を摂《と》らないそうだ。満腹で集中できなくなるのが嫌だと言っていた。

「おいしい。ごはんパラパラだし、ひき肉？　がジューシーだし」

「説明せんちゃよかぞ」

「カツもサクサクやし、めっちゃおいしいです」

フォークにナポリタンスパゲッティをくるくると巻きつける。細めのスパゲッティを口に入れると懐かしい味がした。

「これ、ちゃんとコシがありますね。細めのピーマンとベーコンも入ってて、おいしい」

「おかわり、作ってやろうか？」

「う、それは無理です。この一皿で十分」

体育会系男子かというようにもりもり食べていると、遥那が厨房に入って来た。

「お客さん、おらんごとなった」

「飯食うや？」

「このドライカレーだけでよかとけど」

「作ってやるたい」

翔太が空けた椅子に座って、遥那は大きく背を反らした。

「橋口さん、おいしそうに食べるね」

「え、そう？　なんか恥ずかしい」

「ううん。ごはんおいしそうに食べる人、あたしは好きばい。食べたいのか食べたくないのかわからんごと食べる人よりは」

遥那はいったん立ち上がって水をとってくると、座るなりグラスを傾ける。反らした喉の白さに、なんだかどきりとしてしまう。

水を飲み干すと、遥那は減りゆく結真のトルコライスを眺める。

「トルコライス、最初は出してなかったとよ」

「そうなん？」

「おしゃれカフェにどうよって思ったとさ。でも、ここ観光地に近いやん」

「近いってか、すぐそこたい」

「お店に来る観光客の人がね、トルコライスないですかって訊くわけ」

「訊くのわかるわ」

「それでね、トルコライス始めましたってなったと」

「なるほど」

その間も結真のトルコライスは着実に減っていく。のんびりしていたら、お客さんが来てしまうので、高速で食べきりたいのだ。

「でもね、カロリー高すぎん？」

と遥那に指摘され、結真は口に含んでいたドライカレーを噴きそうになった。

「だって、それ絶対に千キロカロリーは超えとるとばい。やけん、もっとヘルシーなトルコライスにせん？　って言うたとけど」

「出た、栄養士」

翔太がドライカレーを遥那の前に提供してから腕を組んだ。

「ヘルシーとトルコライスは、相性最悪やぞ」

「工夫すれば、ヘルシーになるたい。例えば、カツばオーブンで焼くとか、スパゲッティは糖質オフのパスタば使うとか」

「ヘルシートルコライスかぁ」

結真は攻撃の矛先《ほこさき》をサラダに向けつつ、つぶやく。

「トルコライスが高カロリーじゃなかったら、強みがなくなる気がする……」

「そうかなぁ、我ながらいいアイデアやと思ったんやけど」

「トルコライス頼む奴が、カロリーなんか気にするわけなかろ。見えてる地雷ば踏み抜きに来るような奴やぞ」

　翔太がふたりのグラスに水を注ぎながら言った。

「あ、そう言われたら、そうかも」

　結真もうんうんとうなずく。

　トルコライスは高カロリーが魅力なのだ。魅力を消してしまうのは、もったいない。

「うーん、じゃあさ、今度、カロリーの高と低ば出して、どっちが勝つか試してみようよ」

　遥那がドライカレーを頬張る。美人なのに食べ方が豪快《ごうかい》だ。

「やめろ。作り分けるとか、俺《おい》が死ぬやろ」

「おもしろそうと思うんやけどなぁ」

「これ以上、俺の仕事増やすなよ」

　ふたりのやりとりを聞きながら、紙ナプキンで口元をきれいに拭い、水を飲んでごちそうさまの手を合わせる。そのとき、遥那が耳聡く皿から顔を上げた。

「あ、お客さん」

「あたし、出る」

　結真が表に出ると、紗季と友人が入って来た。

「いらっしゃいませ。お好きな席にどうぞ」

ふたりが奥の席に座ったところで、結真はメニューを手渡す。

「いつもありがとうございます」

「あら、気の利いた挨拶《あいさつ》のできるごとなったたい」

紗季に言われて、結真はにっこり笑ってやる。

「そうですか」

「うちの新人よりましばい。あん子は挨拶もろくにせんとやけん」

プリプリ怒っている紗季に、友人が苦笑いする。

「紗季は、そういうとこ厳しかもんね」

「当たり前のことたい」

結真は目をぱちくりさせた。

(……真面目なのかも、紗季さん)

だからこそ、つい厳しい口調になってしまうのだろうか。

「そういえば、千綿さんはどうされていますか？」

差し出がましい問いかもしれないが、壺を預かりっぱなしのため気になっていたのだ。

「彩は今忙しかけん」

「自分の仕事もやけど、彼氏があちこちの飲み会に呼ばれるもんやけん、わざわざ迎えに行きよっとよ。そこまでせんちゃよかとに」

と非難がましい口調の紗季は、天井に視線を向けた。

「そういえば、瀬戸さんも気にしよったね、彩のこと」

「そうなんですか?」

「彩の彼氏のこと訊かれたもん。どこの商社に勤めとるかとか、SNS使《つこ》うとらんかとか。アカウント教えたけどね」

紗季はテーブルに置いていたスマートフォンを持ち上げると、パスコードを打ち込んで操作し、とあるSNSの画面を見せてくる。

「ほら、これが彩の彼氏のSNS。リア充炸裂《さくれつ》ばい」

見せられたのは、購入したという東京のマンションからの写真だ。高層マンションなのか、眼下には光があふれかえる見事な夜景が広がっている。

「長崎の夜景もびっくりですね」

「そうやろ」

「昼間の写真ものせとるよ。超自慢しとる」

「すごいですね。これ」

昼間だと空が近そうな風景が広がっている。

「近くにあるミシュラン星付きレストランに行ったとか、そがんことまでのせとるけん」

「へぇ」

「よかね、もう別世界ばい」

紗季の友人がうらやましそうな顔で頬づえをつくと、紗季はスマートフォンをテーブルに置いてメニューを開いた。

「あそこまで自慢したがりなら、笑えるだけたいね。どこまでも派手派手しく行けって気になるわ」

注文を用紙に記入しながら、脳裏には、どこか寂しげな彩の横顔が浮かぶ。釈然《しゃくぜん》としない気持ちを引きずりながら、結真はその場を離れた。


三日後、司は無事帰って来た。

それに安堵はしたものの、何をしに行ったのかと訊いてみても、曖昧《あいまい》な笑いでごまかすだけだ。

問いただすことなどできるはずもなく、結真は指に刺さった小さな棘《とげ》がなかなか抜けないときと似た思いを味わう。つまり何かに没頭しているときは忘れてしまうが、ふと我に返ると棘の感触が気になってたまらない、そんな状態に陥《おちい》ったのである。

だが、その思いを引きずることはなかった。

翌日、紗季がやって来て、状況は一変したのである。


「瀬戸さん、おらす？」

ランチで忙しい時間帯がようやく終わろうとするころやって来た紗季が、結真にたずねてくる。

「あ、はい」

結真は言われるがまま骨董店のほうに行き、暖簾の奥にいる司に声をかけた。

司が顔を出すと、紗季はパッと顔を輝かせた。

「瀬戸さん、彩の彼氏に変化が起きたら教えてって言いよったろ。なんか、今日、東京に帰るとって」

「もっと先だったんじゃないんですか？」

訝《いぶか》しげな司の問いに、紗季は唇を尖らせた。

「それがね、辞める人、時期早まったんやって。彩もよりによって今日知らせるとよ」

紗季は腕を組んだ。

「彩、長崎空港に行っとるとよ。見送りに」

「飛行機の出発の時間はわかりますか？」

訊かれた紗季がスマートフォンを覗いて答えると、司は礼をするなり踵を返した。

その素早い身のこなしに、紗季と結真は顔を見合わせる。

「瀬戸さん、まさか彩のこと好きやったと？」

声をひそめて質問され、結真は首をひねる。

「さ、さぁ」

「なんやろうね、いったい」

ふたりして首を傾げていると、司が店を出て行った。

「あ、ありがとうございました」

結真は紗季に頭を下げて会話を打ち切ると、司を追う。彼は店の脇に停めていた車に乗り込もうとしていた。

「瀬戸さん、長崎空港行くんですか？　な、なんで」

なぜ行くのかなんて訊いてどうするのか、そう思うけれども、なぜか無性にもやもやする。

「なんで……」

「結真ちゃん、乗って」

「はい？」

「急いでるから、話があるなら乗ってくれ」

言われて、結真はとっさに車の扉を開ける。座ってシートベルトを締めるや否や、司が車を動かしだした。

このあたりは道が狭く、一方通行も多い。

大通りに合流したところで、結真は小さく頭を下げた。

「……すみません」

「いや、別に……あっ、でも、翔太たちには詫《わ》びをいれといたほうがいいかな。スマホ持ってる？」

「何も持ってません……」

身ひとつで来てしまった。なんだか猛烈《もうれつ》に自分が馬鹿だと思えてくる。

信号で停まった隙をついて、司は自分のスマートフォンのロックを解除すると結真の膝に放り投げてくる。

「悪いけど、電話しておいて」

「あ、はい」

通話履歴から翔太を選んで、電話をかける。繋がったとたん、怒鳴り声がした。

『わい、どこ行きよっとや！』

あまりの勢いにスマートフォンを耳から離す。スピーカーにしていないのに音が漏れるほど、翔太はわめいている。

「どうします？」

「僕だと思ってるから、怒鳴り散らしてる。結真ちゃんだってこと伝えたら、落ち着くよ」

再度スマートフォンを耳に当てる。

「すみません、橋口です」

言ったとたん、電話の向こうのトーンがあからさまに下がった。

『ああ』

「あの、今から空港に行くんで」

『は!?』

「人手不足にしてすみません。あの、骨董店のほう、閉めておいてください」

『閉めるに決まっとろうが！　司に、帰って来たら殺すって伝えとけ！』

一方的に通話を切られた。スマートフォンを司に渡そうとすると、視線で持っておけと指示される。

「帰ったら殺すって言ってましたよ」

「何回も言われてるけど、殺されたことないから大丈夫」

「仲いいんですね」

「仲いいっていうか、中高の同級生だから」

「ああ」

うなずいていると、車は高速に入った。

「あのう、なんで空港に行くんですか？」

「千綿さんの彼氏が黙って逃げようとしてるから」

「はい？」

「千綿さんの彼氏は東京に奥さんがいるんだよ」

真正面から爆弾を投げつけられた気になり、結真は愕然《がくぜん》とする。

「奥さんって……まさか……」

「残念ながら本当だよ。でも、あの調子だと、千綿さんには言ってないね」

「言ってないどころか、騙しまくってるじゃないですか」

周囲の友人から結婚するのか、と冷やかされていた。ということは、まるきり独身のように振舞っていたということだろう。

「なんでわかったんですか？　ＳＮＳ？　あれ、でも……」

結真はスマートフォンを見つめる。ＳＮＳでわかるなら、当然、彩にも伝わるはずだ。

「僕もＳＮＳをチェックしたけど、家族構成については書いてなかったよ」

「あ、そうなんですね」

「だから、千絹さんがわからなくても仕方ない」

アクセルを踏み込んだのか、車のスピードがぐっとあがる。追い越し車線に出て遅い車を抜いてから、司は本線に戻った。

「でも、なんで奥さんがいるってわかったんです？」

「最終的には調べたんだけど、ヒントはあの壺から聞こえた声なんだ」

「捨てられたくないっていうあれですか？」

「そう。あの声は千絹さんの心の声であり、かつて壺を持っていた遊女の声だよ。共通点わかる？」

言われて、結真は押し黙る。なんとなくわかるのだが、どうやって表現していいかわからない。

「千絹さん、現地の女にされてたわけだよ」

「……それっぽいですね」

遊女が相手をしていたオランダ商館長も彩の彼氏も、いつかは長崎を離れる存在だ。遊女も彩も現地で遊ぶための女として選ばれていたわけだ。

「声が聞こえたってことは、千綿さん、知ってたんですかね」

「はっきりと意識していなかったとしても、薄々怪しんでいたのかもしれないね。未来が見通せない相手だとか」

「そうかもしれませんね」

付き合っていても、彼氏を心から信じきれなかったのかもしれない。無意識に心の中で発していた言葉は、奇《く》しくも壺の持ち主だった遊女と同じだったのだ。

「で、どうするんですか?」

「できれば、千綿さんの彼氏にお灸《きゅう》を据《す》えたいんだよ、僕は」

「え?」

「骨董と同じだよ。痛い思いをしないと、わからないことがある。それを思い知らせてやりたい」

本物とまちがって偽物を掴《つか》まされたり、偽物と思い込んで本物を手放してしまったり。骨董の世界は、真実を見抜く目がないと、大損をする厳しいところだ。

「でも、いったい何をするんですか?」

と訊いたが、司は答えてくれない。

車は高速を降りて、一般道を空港へと進む。

長崎空港は長崎市にあるのではなく、県全体からすれば真ん中の位置にある大村《おおむら》市にある。島まるごとひとつが空港になっていて、場所によっては船で空港に乗り入れることもできる。

橋を渡って空港の駐車場に到着すると、司は後部座席に放っていたボディバッグを手にして、時計を見た。

「急ごう」

「は、はい」

ここまで来たら、最後まで見届けたい。

結真は走る司のあとを追う。

長崎空港は三階に展望デッキがあるが実質二階建ての空港で、羽田《はねだ》空港を使っていた結真からしてみると、こぢんまりとしたまさに田舎《いなか》の空港だ。

端から端まで歩いても五分もかからないような空港だから、ふたりを探すのも大した手間になるはずがなかった。

土産《みやげ》物店やコンビニのある一階を手分けして探し、彩の姿が影も形もないために、二階に上る。二階の天井はステンドグラスを備えた教会の天井風に仕上げられているのが特徴的だ。

（うわ、いた！）

手荷物検査場の前で話し込んでいる彩の横顔には、うっすらと笑みが浮かんでいる。彼女と向き合っている男は、日焼けしたスポーツマン風で、爽やかな見た目からは、とても悪そうに見えない。

彼女は結真たちを見ると、目を丸くする。

「あ、あれ、奇遇やね」

「え、ええ、まあ」

結真はふたりを見比べて観察する。とても別れ話をしていたような表情ではない。うっすらと上気した彩の顔を見ると、もしかしたら、近いうちに逢おうとでも言われたのだろうか。

「千綿さん、ご結婚するんですか？」

なんてぽろりと訊いてしまい、失言にあわてて自分の口を手でふさぐ。

「い、一年後にね」

うれしそうに答えられて、結真は言葉を失う。

（どうなっとると……）

司の得たという情報がまちがいであってくれればいいのに。

だが、その願いをぶち壊しだしたのは、司だった。

「有馬《ありま》さん、本当のことを隠して東京に帰るんですか？」

青年がぎょっとした顔をする。いきなりストレートに切り出す司に、結真は焦った。

「瀬戸さんっ」

腕を引いて牽制《けんせい》するが、それくらいで彼の行動が止まるはずがなかった。

「重婚になりますよ」

「君、何を言って……」

「お話したんですよ、奥さまと」

「は、何を言って。おい、この馬鹿、なんなんだ」

言われた彩は、戸惑った表情でこちらに近寄る。

「瀬戸さん、何を言って」

司が平静な顔をしてたずねる。

「有馬さん、昨年買ったマンションの確定申告はされたでしょう?」

「したけど、何の関係がある」

「有馬さんの会社に電話しました。お住まいを管轄《かんかつ》する税務署だと言ってね。マンションを民泊に貸し出されているという情報があったのですが、その分の確定申告がされていない。居住実態を知りたいから家族と話をさせてほしいとお願いしたら、緊急連絡先に指定されていた奥さまの電話番号を教えてくれましたよ」

「でたらめはよしてくれ。どうやって俺の住まいを管轄する税務署を割りだせるんだよ」

有馬は、爽やかな顔にまったくそぐわない下劣《げれつ》な笑みを浮かべて揶揄《やゆ》する。

しかし、司は平然としている。

「簡単ですよ、あなたがSNSに山ほど情報をのせてるんだから。マンションからの風景、会社まで使っている路線、近くのレストラン。そんなものを突き合わせれば、大体の住所くらい割りだせます。ストーカーもやるメジャーなやり方ですよ」

あんまりあっさり答えるから、結真は唖然として彩と顔を見合わせる。

「というわけで、奥さんとの会話を録音してきました」

ボディバッグから取り出したボイスレコーダーを再生させる。

聞こえてきたのは、おっとりした女性の声だ。

『はい、わたしが有馬の妻ですけれど……』

司の質問にまったく疑問を抱かないのか、彼女はスラスラと答え続ける。

『いえ、確かに有馬は長崎に出向しておりまして、こちらには住んでいません。ですが、わたしはちゃんと住んでいます。民泊に貸すなんて、そんなことはしておりません』

上品な声音《こわね》が鋭利なナイフのように胸を刺してくる。おそらく、彩はもっと痛いに違いない。

会話が途切れたところで、司はボイスレコーダーを停止させる。

「税務署の名を出すと、けっこう素直に対応してくれることが多いんですよ。追徴《ついちょう》課税されるのは、誰でも嫌ですからね」

恐ろしいほどの沈黙が落ちたあと、彩は有馬につかつかと近づく。手を振りあげると、有馬の頬を引っぱたいた。

（うわ、初めて見た、ビンタされるところ……）

結真は絶叫が漏れそうな口を手で押さえた。

「煮え切らん奴と思いよったけど、あんたなんか最低の屑男《くず》やったね！」

背を向けると、ヒールをかつかつと鳴らしながら一階へ続くエスカレーターに向かう。

検査場の係員に搭乗客まで、あからさまにじろじろと有馬を見ているのは、罰が当たったのだと笑っていいところなのだろうか。

結真はあわてて彩を追う。階下に降りたところで、呼び止めた。

「千綿さん！」

彼女は振り向くと、眉を跳ね上げた。

怯《ひる》む心を抑えて、結真は謝罪する。

「すみません、本当に……」

「瀬戸さん、あの壺、売るけん」

振り返ると、司がエスカレーターから降りたところだった。

「いいんですか?」

「あげん壺、持っておいても、どげんもならん！」

怒りをぶちまけて、空港のロビーを出て行く。

司は結真に並ぶと、小さくうなずいた。

「この間、東京に行ったときに壺を買ってくれそうな収集家と話をつけてきたんだ。一千万におまけしてくれるって約束してくれたよ」

「もうそこまで話をつけていたんですか……」

「うん、せっかく東京に行くんだから、用事は一気に済ませておこうと思って」

用意周到なのかなんなのか。見上げた司の横顔は、穏やかな美青年なのだが、性質《たち》が悪すぎる。

「儲け、千綿さんと山分けじゃ駄目ですか?」

思わず提案してしまったのは、このままでは彩にあまりにも申し訳なさすぎるからだ。

司はあっさりとうなずく。

「そうしようと考えていたから、かまわないけど」

「瀬戸さん、いい人って一瞬思いましたけど、撤回します、さっきのはあんまりです」

あんなさらしものにしなくても、ふたりそれぞれに話をつければいいのに。

「そうかな。別れるなら、きっぱり別れたほうがいいよ。絶対に」

言われて、結真は困惑する。

「黙って関係を切られたら、自分が悪いんじゃないかと疑うだろう」

ずっと胸に刺さっていた棘がうずいた。

それは、父親が出て行ったあと、結真が考えていたことだからだ。

(もしかしたら、わたしがいい子じゃなかったからかもしれん)

そう考えていたときもあったのだ、

「そうですね。そのほうがいいかも。わたしのお父さんも、原因をはっきりさせて出奔《しゅっぽん》してくれればよかったのに」

苦々しい思いを吐いてしまうと、司がやわらかく微笑んだ。

「わかるよ。僕も母親に出て行かれた口だから」

司を見つめるが、彼はふとうつむいて、結真から視線をそらす。

「結真ちゃん、せっかくだから、どこかでお茶しようか」

「本当に殺されますよ、翔太さんに」

「大丈夫だよ、翔太は口だけだから」

司は先に立って歩きだす。結真は彼の背を見つめた。

同じなのだ、ふたりとも。親に捨てられた者同士だ。

結真は息をひとつ吸うと、小走りになって彼と並ぶ。

「わたし、お金持ってませんよ」

ストレートな慰《なぐさ》めは望んでないと思うから、彼と一緒にいると暗に宣言する。

「僕が奢《おご》るからいいよ」

司がうれしそうにうなずく。

たぶん、ふたりともまだ現実に戻りきれない。時間稼ぎが必要なのだ。

「どこ、行きましょう」

調子に乗った様子を装ってたずねる。

「せっかくだから、遠出しようか」

「ここ、すでに遠出になってますよ」

結真はきちんとツッコンでやる。こういうやりとりでしか、癒やされないときもあるのだ。

「遠出するには、最高の天気だね」

「いや、だから、すでに遠出してますって」

結真の再度のツッコミに答えた司の言葉は、飛行機の離陸する轟音《ごうおん》にまぎれて消えた。

第三話・溶けた万年筆

北部九州が梅雨《つゆ》入りしました、というニュースが流れたのは、六月の第二週である。それから一週間、長崎は今朝も雨の下にあった。

「うわー、ひどかー！」

母が出勤したあとの居間で、結真《ゆま》は髪に櫛《くし》を通しながら、窓の外を眺める。

大粒の雨がガラス窓に幾筋もの線を引く。雲が敷き詰められた空と灰色の波の間の距離は近い。

「最悪やん……」

雨もさることながら、おさまらない髪も気に入らなくて、結真は憂鬱《ゆううつ》をため息に変えた。

様々な整髪料を駆使《くし》して髪をなんとかまとめると、居間に置いていたショルダーバッグを掴《つか》み、玄関先で長靴《ながぐつ》を履く。

傘を持って外に出ると、錆《さ》びた外階段を用心して下りる。

「ひー滑るぅー」

以前、濡れた階段を下りているときに、危うく踏み外しそうになったことがあった。そのときは事なきを得たが、用心は必要だ。

サーモンピンクの傘を開きつつ砂利の地面に足をつけて、ほっと息をつく。

傘をさして歩きだすと、レインコートを着た隣家のおばさんが、花鋏《はなばさみ》で庭の紫陽花《あじさい》を切っていた。足音に気づいたのか、フードを少し持ち上げて視界を確保すると、結真を見る。

「おはようございます」

先に挨拶《あいさつ》すると、おばさんは「おはよう」と返してきた。

「結真ちゃん。出勤ね」

「はい。きれいな紫陽花ですね」

雨を気持ちよさそうに浴びて、紫陽花が幾輪《いくりん》も咲いている。青紫の花びらの集まりは、宝石のように鮮やかだ。

「結真ちゃん、花要《い》る？」

質問されて、結真は戸惑った。

「え、いいんですか？」

「お店で働きよっとやろ。要るね？」

再度問われて、結真は思わずうなずいた。

「いただけるなら」

「よかよ。どれくらいいね」

「少しでいいです」

「はいはい、ちょっと待っとかんねよ」

数輪の花を切ると、玄関に引っ込む。ガラガラと引き戸を開けて出て来たときは、新聞紙の包みを持っていた。

「はい、どうぞ」

「ありがとうございます！　助かります！」

新聞紙の束を抱いて、頭を下げた。店では定期的に花を交換しているが、飾っていた花の元気がなくなったところだった。

「よかよ。うちは花ば育てるとが趣味やけん」

とおばさんは笑う。庭には、紫陽花だけでなく花菖蒲《はなしょうぶ》の清楚《せいそ》な立ち姿もあった。

「花の要るときのあったら、また言わんね」

「ありがとうございます!」

再度礼をしてから、結真は片手に紫陽花を抱いて、大通りに続く階段を下りる。

上段から流れてくる水が、音を立てて階段を洗っている。

胸の位置にある新聞紙の包みからは、湿った紙と青葉の匂いがまじって漂ってきた。

(花、もらえてよかったなぁ)

傘に落ちる雨粒の音を聞きながら歩くのは気が滅入るものだが、今日は違った。早く店に飾ってみたくて、心なしか足どりも軽くなる。

大通りに出て、バス停からバスに乗る。白く曇《くも》る窓の向こうは、降り続く雨に塗《ぬ》りこめられた町の光景が広がる。

斜面に貼りつく民家や傘を差す人々の上に降りかかる雨は、いつまでも止まないかのように見える。

中央橋《ちゅうおうばし》という名のバス停でバスを降りると、傘をさして再び歩きだす。

中島川《なかしまがわ》沿いに出ると、濁《にご》った水がかさを増して勢いよく流れていた。

「いつまで続くとやろうか、この雨……」

例年どおり、梅雨の間は晴れの日がほとんどない。雨が降らない日でも灰色の雲が頭上を常に覆っていて、たまに漏れる陽の光は本当に貴重だ。

川沿いの遊歩道には紫陽花が咲いている。水を吸うだけ吸って咲く紫陽花は、降りやまない雨を喜んでいるのだろうか。

常よりは大きい川の音を聞きながら、眼鏡橋《めがねばし》を渡る。こんな雨の日にも観光客はいて、お疲れさまですとねぎらいたくなる。

店について中に入ると、クーラーが効いていた。肌にまとわりついていた湿気が抜けていく感覚が心地よい。

「橋口《はしぐち》さん、おはよう」

「おはよう」

遥那《はるな》は腰を覆うエプロンをつけて、すっかり準備万端だった。

「遅かった？」

「ううん、あたしもさっき来たところやけん。それ、なん？」

と訊《き》かれたので、カウンターで新聞紙を広げる。

「紫陽花、もらったと」

「誰から？」

「ご近所さん」

「この色、本当にきれいかね。育てると上手かとやろうか」

瑞々《みずみず》しい色合いに、遥那が感心したようにつぶやく。

「どうやろうね」

ふたりでほのぼのしていると、翔太《しょうた》が伸びをしながら厨房《ちゅうぼう》から出て来た。

「あ、おはよう」

「おはようって、その花、どこから持って来たとや」

翔太が腕を組んで紫陽花と女ふたりを見比べる。

「まさか、そこらへんから採ったとじゃなかやろな」

「採るわけなかろ?」

遥那が呆《あき》れたように肩をすくめる。

「いくらその辺りに咲いとるけんって」

「いや、そこらで採ったら無料《タダ》やろ」

「無料でも採らんわっ」

遥那が食いつくように叫んだ。

「わい、よう言いよるやろ。経費、かけすぎやって」

「あたしは当たり前のこと言いよるだけです。でも、経費締めるために花採ってきたりせんけんねっ」

言い合うふたりを眺めてから、結真は店の花瓶《かびん》を集める。

計三つの花瓶を厨房に持っていくと、軽く中を洗って水を入れる。

明治時代の物だという、飛び跳ねる兎《うさぎ》が描かれた染付の徳利《とっくり》が、特にお気に入りだった。

（なかなか可愛《かわい》い徳利やけどな）

司《つかさ》曰く、絵があまりうまくなく、下手《げて》ものと呼ばれる類《たぐい》になるらしい。売るにしても大した値はつけられないので、店で使っているのだとか。

その他の花瓶は縁が欠けた昭和初期のガラスと大正時代の土ものの徳利。土ものの徳利は、濃い深緑色の色合いが、いかにも骨董《こっとう》めいていて味わい深い。

紫陽花を新聞紙で再度くるむと、水揚げがよくなるように、茎をガスコンロで焼く。茎を焼くことで菌の繁殖《はんしょく》を防ぎ、炭化させることで吸いあげる水を浄化させる効果があるのだ。

炭化するまでしっかりと茎を焼くと、たらいにためた水の中で炭化した部分を切り落とす。それから、花瓶の中に一輪ずつ入れていった。

（あとはちょこちょこ様子見よう）

できれば長持ちさせてやりたい。

紫陽花を一輪ずつ差した花瓶を店に運ぶと、遥那がテーブルを拭きながら小言を言っている。

「この間は無駄な包丁セット買うし……。要るとしても、せいぜい三本やろ、包丁」

「使い分けたほうがよかろうが。必要経費ぞ」

翔太は床にモップをかけながら言い返していた。

（仲いいんだな）

と思いながら結真は花を飾っていく。

骨董店の花台に土ものの花瓶を置いてから、結真は自分がレイアウトした棚を見る。口がもぞもぞしそうになった。

（なかなかよくできとるやん）

陳列棚の一角に和ガラスだけを集めたコーナーをこしらえたのだ。司がすべてまかせてくれたので、結真の趣味が反映されている。

棚に飾られているのは、淡い水色の丸っこいグラスや星の模様が浮いた細めのグラス、繊細なレース模様のプレスプレートや縁がピンク色をした氷コップなど様々だ。

（意外にお高いんだよね、ここらも）

やはりガラスは割れやすいためだろうか。上等そうなものは、それなりのお値段がするために、飾るときも冷や冷やした。

（それにしてもきれいだよね）

オレンジ色の照明の光が、ガラスをやわらかく照らしている。光を通すと、ガラスは宝石にも負けない輝きを放つ。

（ステンドグラスみたいやね）

教会に通っていたころを思い出す。ステンドグラスを透かして床に落ちる光は色鮮やかで、とても美しかった。

　ここの陳列はステンドグラスよりは控えめだが、ガラスの美しさが映える演出になっているのではと自画自賛してしまう。

「おはよう」

　とすぐそばから声をかけられて、結真はびくっとした。

　いつの間にか、司が立っていた。

「お、おはようございます」

「陳列、気になるところがあった？」

「いいえ、そういうわけじゃなくて……」

　むしろ満足してにやにやしていたのだけれど、それを説明するのは恥ずかしい。

「ガラス、もう少しあるから、たまに換えたらいいよ」

「あ、そうですね。倉庫にはまだありましたね」

　少々お高い乳白ぼかしの氷コップがあった。上品な花形のコップと緑色の脚《あし》という組み合わせは、百合《ゆり》に似て美しかった。

「ところで、その花はどうしたの？」

　司は顎《あご》を軽く動かして花台の紫陽花を示す。

「もらったんです。ご近所さんに」

「そう」

司はなんとなく浮かない表情だ。

「紫陽花、嫌いですか？」

「きれいだと思うよ」

司の返答に結真は怯《ひる》んだ。

（あ、嫌いっぽい？）

きれいだという感想と好悪は違う。

「紫陽花は長崎市の花だし、飾るのはいいんじゃないかな」

司はとってつけたように言う。

「シーボルトが学名に愛するお滝《たき》さんの名をつけたってやつですよね」

「紫陽花の学名は先に決まっていたから、ハイドランジア・オタクサの名は採用されてない」

「あ、そうなんですか」

愛する女性の名をつけた、という逸話《いつわ》がとたんに味気なくなった。

「それにしても、いつまでも雨で困るね」

司が扉に目を向けた。

大きな窓から外が見えるカフェ側と違って、骨董店側には窓がない。外の見えない空間は、時を忘れて古い物たちと過ごす場所にしたいという司の意思のあらわれのようだ。

「嫌ですよね、雨は。洗濯物も乾かないし……」

梅雨の間中、除湿機を稼働して洗濯物を乾かす我が家を思い出すと、鬱々《うつうつ》としてしまう。

「というよりも、客足が鈍るだろう」

「あ、そうでした」

確かに、雨の日は出歩きたくないものだ。

そのために、結真は司と話し合ってアイデアをひねりだした。

「今度のイベントがうまくいくといいですね」

「まあね、結真ちゃんの発案だから、がんばるよ」

浮かない顔になる司を懸命に励ます。

「が、がんばりましょう、ね」

暖簾《のれん》の奥に消える司を見送ると、結真は遥那たちを手伝うためカフェに向かった。


その週の金曜日、一古堂《ひとふるどう》は常ならば閉店する十八時過ぎになっても店を開けていた。

結真が企画立案したのは、司の骨董講座だ。お茶やコーヒーと軽食を提供し、骨董の紹介や真贋《しんがん》のポイントなど裏話をしてもらう。

カフェの壁に白いスクリーンをかけて、ノートパソコンを繋《つな》いだプロジェクターで資料を映しだす。

今回の講座の主役は伊万里焼《いまりやき》だ。時代ごとの特徴を説明したあと、実際に現物を見てもらう。

「好みはありますが、伊万里焼の頂点は柿右衛門《かきえもん》様式だと言われています」

司の説明を聞きながら、十人ほどの客が骨董の置かれたテーブルを取り囲んでいる。

「こうして見ると、様式の変化ってはっきりしてるのね」

「流行とかもあったんじゃなかと？」

「それもありますね。元禄《げんろく》時代に華やかな金襴手《きんらんで》が好まれたのは、商人の経済力が上がったからだと言われています。その他、コスト的な理由で文様は変わっていくんですよ。例えば、人気の蛸唐草《たこからくさ》ですが、時代が下がるにつれて描き方が簡略化していきます。製作時間の短縮のためでしょうね」

「コストとか、今と変わらんねぇ」

楽しそうに話を聞いている客の様子を見ながら、結真はカフェの隅《すみ》でぐっとこぶしを握った。

（よかったー、うまくいきそう！）

ひっそりと満足感を噛《か》みしめる。

そもそも、この企画は結真が立案したものだ。

五月の終わり、反省会という名の飲み会を開いたときである。梅雨入りあとの集客が話題になったのだ。

『これ、わたしの案なんやけど……』

素人《しろうと》にとって敷居が高い骨董に、なんとか親しみを持ってもらいたい。

そのために結真が考えたのは、骨董講座だ。お茶や軽食を出し、骨董にまつわる知識を簡潔に紹介する。時間は一時間から一時間半くらい。金曜日か土曜日の夜、仕事帰りに立ち寄ってもらい、骨董を楽しむ最初の手がかりを摑んでもらう、というのが、講座の狙いだった。

ようやく形になった考えを披露するのは緊張したが、酒の席とあってか、三人はゆるい反応だった。

『司が主役やろ。よかっじゃ』

キスの天ぷらをかじりながら翔太がうなずく。

『いいんじゃない。司さんがするとやろ、それ。まあ、あたしたちも手伝うけどさ』

遥那は鯛《たい》とヒラスの刺身を肴《さかな》に、五杯目の麦焼酎《むぎじょうちゅう》のお湯割りを飲んでいた。

『瀬戸《せと》さんはどうですか？』

結真は緊張しながら司にたずねた。骨董講座なんだから、司が頼りなのだ。

『若干《じゃっかん》、面倒くさい』

長崎牛のステーキを結真にとりわけてくれながら、司は鼻の頭に皺《しわ》を寄せた。

『気持ち、わかりますけど』

『自分の店やけんな。わいが、がんばれさ』

『にしても、人、集まるかなぁ。お勉強会やろ、つまり』

遥那の指摘にうっと息を詰まらせる。勉強という印象を抱かれたら、集まりが悪くなりそうだ。

『お堅くしないようにするつもり。こう、なんていうか……気楽に話を聞いてもらいたいから』

『ってさ、司』

『司さん、がんばって』

ふたりの無責任な励ましに、司は半眼になった。

『他人事《ひとごと》過ぎるだろう』

『わたし、資料の作成、がんばりますからっ』

結真はあわてて割って入ったのだが――。

(努力が結実してる感、いいなぁ)

あのときの光景を思い出し、しみじみ感動を嚙みしめる。

作成したレジュメに書き込みしている客の姿を見れば、苦労も吹き飛ぶ思いだ。

「お薦《すす》めってあるんですか？　この時代の物を買っておけば正解っていう物が」

若い女性の質問に、司は穏やかに微笑《ほほえ》んだ。

「自分が好きで愛着を持てそうなものを選ぶのが一番ですよ。料理を盛りたくなる皿を選ぶとか、酒を飲みたくなる猪口《ちょく》を選ぶとか」

「骨董なのに使ってよかと？」

中年のご婦人の質問に司はうなずく。

「もちろんですよ。気に入った物は、ぜひ使ってくださ い。食器なんですから」

一時間の予定だったのに、質疑応答をしていると、一時間半を過ぎてしまった。

もうそろそろお開きに、という司の言葉で、講座は終了したが、帰って行く客はみな満足した様子だった。

「瀬戸さん、お疲れさまでした！」

プロジェクターの電源をオフにする結真に、スクリーンを壁からはずしながら司はうなずいた。

「結真ちゃんも、お疲れだったね」

「いえ、わたしは、全然。瀬戸さんのほうが大変でしたよ。ずっと喋りっぱなしだったし」

「僕は知ってることをしゃべっただけだから」

とそっけない口調だが、司が講座前に本を読みこんだり、客に見せる骨董を選んだり、準備をきちんとしてくれていたことを結真は知っている。

「ありがとうございます。本当に」

ノートパソコンの電源を切ると、プロジェクターと繋いでいたコードをまとめる。

自分が提案した講座だ。レジュメは作成したものの、重要な部分は司にまかせるしかなかったから、申し訳ない気持ちもあったのだ。

「けっこう楽しそうだったね」

司がスクリーンを畳んでぽつりとつぶやく。

「みんな、興味はあると思うんですよね。でも、最初の一歩をためらうというか……」

結真がそうだった。骨董なんて縁のない物だと考えていた。

「そんな難しく考えなくていいよって背中を押してくれるきっかけが大切だと思うんですよね」

「それもそうだね」

「こういう講座って、意外と需要はあるんじゃないかって考えてたんです。知的好奇心をちょっとだけ満たしてくれるんだけど、難しすぎないって娯楽として適切だと思うし……」

「なるほど。じゃあ、あんまり専門的すぎないほうがいいのかな」

「そうですね。難しいな、わたしには無理そうだなって思われない程度に、でも、ちょっと手ごたえがあって、なおかつ、得したなっていうお役立ち情報を入れてもらうとベストです」

「けっこう難しい要求だね、それ。コーナーを曲がるときに、攻めながら、でも安全に走れってことかな」

「まあ、そんな感じでお願いできればなぁと」

ノートパソコンをパタリと閉じてから、結真はふぅと息をついた。

「これで、少しでもお店の商品が売れればいいんですけどね」

「そんなすぐには効果が出ないんじゃないかな。興味持ってくれたらいいくらいの気持ちでいないと続かないよ」

「ですよね」

今回、悩みに悩んだ末に講座の料金を二千円にしてみたが、かかった必要経費からすると、トントンかちょっと黒字程度でしかない。

「あとは告知をいっぱいしたいですよね。今回はお店のSNSに載せるのと、店内の掲示しかできなかったし……」

今回はカフェの常連さんばかりだったが、せっかくなら新規の顧客開拓をしたいという野望があった。

「様子見しながら続けてもいいですか？」

「そうだね。たぶん、続けているうちに課題とか見えてくると思うから、その都度解決していけばいいよ」

「はい」

司が協力的でありがたいと結真は心から安堵《あんど》する。

(自分だけがやる気で、空回りするのも困りもんやしね……)

道具を骨董店の奥に片づけてしまうと、結真は店に問題がないか見回す。

紫陽花の元気がなくなってきたのが気にかかった。

「明日は花を買いにいかんばいけんね」

「次は薔薇《ばら》にでもすればいいよ」

司に言われて、彼をじっと見つめる。

「紫陽花、嫌いなんですか」

「嫌いだね」

「なんでですか?」

別に嫌いでもかまわないじゃないかと思いつつたずねてしまう。

「聞きたい?」

目を覗《のぞ》くようにして問い返され、結真は片足を後ろに退《ひ》く。

「や、その……」

「聞きたいって言うなら、教えてあげてもいいけど」

一歩退いた分だけ近寄られて、結真は頰《ほお》を引きつらせた。

「あの……」

訊いてはならないことを口にしてしまったのだろうか。

恐怖のあまり目を閉じて立ちすくむと、司が結真の頭にポンと手をのせた。

(うん?)

おそるおそる目を開けた。司は特に怒ってはいなかった。

「紫陽花、僕の母親が好きだったんだよ」

司の母親は出て行ったのだと聞いた。

それはおそらく、結真の父親と同じく出奔《しゅっぽん》したという意味だろう。

「紫陽花、きれいですもんね」

「家に紫陽花が植えられていてね。梅雨になると、それは見事に咲いていた」

近所の庭も、青紫色の花が今を盛りと咲いている。

「紫陽花って、そんなにきれいな花かな」

司がうすら笑いを浮かべている。誰かを蔑《さげす》む笑みだ。

「きれいだと思いますよ。雨の下だと特に」

「そうだね。紫陽花は水をたくさん吸う花なんだ。だから、雨に打たれていると生き生きして見える」

でも、と司は続ける。

「僕の母親と似てるよ」

「お母さんとですか？」

「うん。僕の母親も貪欲《どんよく》な女だったよ。紫陽花みたいに」

結真は困惑して彼を見上げた。

「貪欲……」

「なんでもほしがって吸い尽くす。水を吸うみたいに、愛情を吸うんだ」

司が紫陽花を見た。静かな双眸《そうぼう》に暗い光が揺らめく。

「結真ちゃん、枯れた紫陽花を見たことがある？」

「枯れた紫陽花ですか？」

あったかなと考える。隣家の庭の様子を思い出す。

夏を過ぎれば、紫陽花は枯れてしまう。枯れてしまった紫陽花は、茶色く、あるいは灰色に変化する。咲いていたときの鮮やかで華やかな姿が嘘《うそ》のように醜《みにく》く変わるのだ。

「……汚くなりますね」

「だろう」

司の笑みは皮肉げだ。

「美しいからこそ枯れたときの醜さが際だつ。紫陽花ってそういう花だよ」

それはどの花でも同じではないかと考えながらも、司のこだわりがわかる気がする。司は紫陽花を見ているのではなく、出奔した母親を見ているのだろう。

「……あんな風に枯れていてくれればいいのに」

呪いのようなつぶやきを聞きながら、結真は悟った。

司の目の奥にある光は、憎悪と名付けられるものなのだ。


一週間後、結真は二回目の講座に立ち会っていた。

今回の主役は磁器ではなく陶器だ。土物とも呼ばれる陶器と磁器の間の差異を強調しながら説明する。

「骨董店でも、伊万里焼に代表される磁器が多い店は白っぽくなり、陶器を主に扱う店は黒っぽくなる。そう言われるほど、焼き物といえども両者の差は大きいんですよ」

司の説明を客が真剣に聞いている。九州で陶器といえば名があがる古唐津《こからつ》は、物によっては、とんでもない値段がつくらしい。相場を聞いた客が悲鳴にも似た声をあげる。

「すごいね、お茶碗《ちゃわん》ひとつが数千万とか」

「陶片でしたら、もう少し手が届くお値段になりますよ」

司が見せたのは、掌《てのひら》大の古唐津の陶器のかけらだ。初めて聞いたときは相当驚いたが、大きく割れた陶器の破片も十分売り物になるのだという。

「こういった陶片を使って酒を飲むのも楽しいものです」

「飾るのもいいわねぇ」

「陶片だけ飾るというのも味わい深いものですから」

結真はノートパソコンを操作して、画面を切り替える。

「九州では磁器なら伊万里焼、陶器なら唐津焼と思われるかもしれませんが、その他にも様々なところに産地があります。無名の物でも楽しみ方を覚えれば、陶器により深い愛着がわきます」

司はそう言うと、土色をした茶碗を手に持った。ところどころに色の変化が入っている。

「陶器は水を吸いますから、色が少しずつ変化していきます。持ち主の使った歴史が器にあらわれるということです。これは磁器にはない楽しみです」

「それなら確かに愛着わきそうやねぇ」

「そうですね、子どもみたいに思えるかもしれません」

「手放せなくなるばい」

笑いのこぼれる講座に、結真はほっとした。司は紫陽花を語っていたときとは異なり、あくまで穏やかに微笑んでいる。

（とらえどころがないなぁ）

客を笑わせている姿を見ていると、誰かを憎んだりするなんて信じられない。けれど、あのとき、司はちゃんとごまかすことなくあらわしたのだ。母親への憎悪を。

そして、結真はその感情に共感できる。結真も父を憎んでいるからだ。

自分と母をゴミのように捨てた男を、どうして赦《ゆる》すことなどできるだろうか。

唐突に燃え盛る怒りの火を鎮めていると、司が講座をお開きにする声がした。

「また、何か訊きたいことがあったら、来てよか？」

「もちろんですよ、お好きなときにどうぞ」

司と一緒に客を見送ると、そそくさと後片づけをする。

プロジェクターとノートパソコンを繋ぐコードを巻いていると、司がぽつりとつぶやいた。

「結真ちゃん、僕、変な顔をしてるかな」

「え、してませんよ。なんでそんなこと訊くんですか？」

「いや、すごく視線を感じるから。結真ちゃんから」

結真は押し黙った。理由は簡単だ。

司の様子が気になるからだ。というか、母親に対するわだかまりを結真にぶちまけた彼の精神状態が心配なのだ。

「……司さん、顔きれいだなって」

「あ、そう」

「あ、そうって。もしかして、顔きれいなこと、自覚してません!?」

司が困ったように眉を寄せた。

「いや、昔から似たようなこと言われるけど、反応に困るよね」

「あ、言われるんですか。それはよかったですね。ていうか、反応に困るって嫌みっぽいんですけど」

「でも、本当に困るんだよ。話が広がらないだろう。骨董に詳しいんですねって話題を振られたらのれるけど、顔がきれいですねと言われても、話が広がるはずもないし」

「まあ、そうですけど」

「まさか、僕もそうだと思いますって答えられないだろう」

「思ってるんですかっ」

調子にのって返してしまうのは、彼がふだん通りなことにほっとしているからだ。

「翔太にはよく言われるけど。おまえの取り柄は顔だけだって」

「取り柄が顔だけ……」

「中身が顔を裏切ってるからって――」

司が言いかけたところで、カフェの扉が開いた。

「すみません、開いてますか？」

声をかけてきたのは、ウエストリボンのついた黄色いロングパンツとネイビーのスキッパーシャツを着た二十歳《はたち》過ぎぐらいの女性だ。

結真は司と顔を見合わせる。正直、閉店の時間だから断ってしまってもいいのだが。

「どういったご用でしょうか」

司の問いに、彼女はオレンジ色に塗った唇を大きく動かした。

「あの、こちらですよね。古い物の厄介事《やっかい》を解決してくれるのって」

結真は背に力を入れた。彼女も骨董がもたらす異変に困っているのだろうか。

司が少し困ったように答えた。

「ええ、まあ」

「よかった。相談したいことがあるんです」

そう言うなり、ずかずかと店に入って来る。断るのは許さないという勢いだ。

「困ってるんです。だから、相談にのってほしくって」

「いいですよ。ただ、あまり長い時間はとれませんが」

「あ、もしかして、閉店の時間ですか？　まだ明かりがついてるから、大丈夫かなと思ったんですけど」

ピンクゴールドの腕時計と司を見比べる女性に、司は苦笑して答える。

「閉店するところですが、少しだけなら」

「じゃあ、今日、お話聞いてください」

言うなり大またで店を出て、連れの女性を伴《ともな》ってきた。

（うわー真逆なふたりだ）

連れのほうは同じ歳《とし》くらいだろうが、白いロングスカートに八分袖《そで》の茶色のシャツ、薄手のカーディガンを羽織っている。青白い顔色もさることながら、目の下に濃い隈《くま》ができていて、疲労困憊《こんぱい》といった様子だ。

黄色いロングパンツの女性は、逆に血色もよく、くっきりと描いた眉と口紅が快活な印象をもたらしている。

「こちらにどうぞ」

カフェの席を案内すると、ふたりは並んで座った。ハイビスカスとかすみ草を同じ花瓶に活《い》けているようなちぐはぐさだ。

「これ、あたしの名刺です」

黄色いロングパンツの女性が、膝《ひざ》に置いたショルダーバッグから取り出した名刺を向かいに座る司に渡す。

「大島《おおしま》さん……ネイリストですか」

司の横に座った結真は、彼の手元を覗き込んだ。大島里桜《りお》と書かれたカラフルな名刺を見てから里桜の手元を見ると、白く塗った爪に青や紫の色で紫陽花を描いた鮮やかなネイルをしていた。

(可愛いなぁ)

カフェの店員である以上、爪のお洒落《しゃれ》はできない。いつも短く切っていないといけないし、色を塗るのは厳禁だ。万が一剝《は》げてしまい、食べ物に混入でもさせたら一大事だからだ。

(骨董をさわるのに、爪に色々つけてられんし)

貴重な骨董をさわるときは、傷をつけないよう指輪やブレスレットははずしておく。これは司から教わったことで、彼も倉庫をあさるときは腕時計をはずしている。

「そうなんです。自分でネイルサロンをやっていて……。あ、よかったら、うちのパンフレットをこちらに置かせてもらってもいいですか?」

「いいですよ」

物怖《ものお》じしない里桜に司は苦笑している。華やかな外見にふさわしい積極的なアプローチをする里桜と、身じろぎひとつしない連れとの差に結真は首を傾げたくなる。

遥那が厨房から出て来て、一瞬驚いた顔をしたものの、すぐに笑顔を保って近づいて来る。

「お飲み物は? コーヒーでもいいですか?」

「いいです。あたしたち、お客さんじゃないですし」

「遠慮なさらず」

司の一言に、里桜は気遣うように連れを見てから、遥那に顔を向けた。

「あたしはコーヒーで。依里《えり》は……水でもいいね」

うなずいた依里に、遥那はそっとたずねる。

「水出し緑茶がありますよ」

「……いえ、水で」

小さな声で受け答えする依里に本気で戸惑う。

（どういう繋がりやろう）

とてもじゃないが、友人になりそうなふたりではない。

「この子、いつもこんな感じなので、気にしないでくださいね」

里桜が依里を見てから言う。

「変なふたりだなぁと思うでしょ。あたしたち、従姉妹《いとこ》なんです」

「変だとは思いませんが」

司のフォローを里桜は笑い飛ばした。

「そうです？　いつも言われるんですよ、どういう関係って」

明るく笑う里桜とにこりともしない依里は本当に対照的だ。

「それで、どんなご用でしょうか」

訊かれた里桜が依里に軽く身体《からだ》を寄せた。

「依里、出さんね」

「うん」

依里がトートバッグから小さな布箱を出す。テーブルに置くと、蓋《ふた》をぱかりと開けた。

（あれ？）

あらわれたのは、万年筆である。しかし、軸の表面が一度溶けてから固まったかのように波打っている。

「さわっても？」

「どうぞ。別に大した価値があるもんでもないでしょ？」

運ばれてきたコーヒーを里桜は澄《す》まし顔で飲んでいる。

司は手袋をはめると万年筆を手にした。

「セルロイドの万年筆ですね。戦前の……セーラーのものかな」

「それ、ひいおばあちゃんの形見なんです」

里桜がコーヒーカップをソーサーに置いて言った。

「形見……」

「そうなんです。うちの押入から見つかったんだよね、依里」

「はい」

依里が控えめにうなずく。

「この子、今、うちに居候《いそうろう》していて。荷物をしまうときに、押入を整頓していたら見つけたんです」

「そうですか」

司の相槌《あいづち》に、里桜は足を組むと説明を続ける。

「ひいおばあちゃんの遺品、全部処分したと聞いていたんですけどね。なぜか、まだ残ってて。遺品って、いざ見つけると、捨てるに捨てられない気持ちになりますよね」

「おっしゃることはわかります」

「でも、それで困っちゃってるんです。その万年筆を手にしてから、依里がひいおばあちゃんの夢を見るようになったって」

司と一緒に依里を見るが、彼女は顔を深く伏せてしまう。

「どんな夢ですか」

「ひいおばあちゃんが話しかけてくるんだけど、何を言っているかはわからないって」

「という夢を依里さんが見ていらっしゃるんですか？」

司の問いにいくらか皮肉な響きが宿る。

依里のことなのに、当の本人はだんまりを決め込んでいる。まくしたてるのは、里桜だけだ。

「そうです。毎晩、見るようになって。依里、よく眠れないって言ってるんです」

「大島さんのお話のとおりですか？」

司が依里に質問を投げかける。彼にしてみれば、依里が本気で相談を持ちかけたいのか判断しかねているのだろう。

「……はい」

「それを聞いて、ずっとふたりで考えてたんですよ、ひいおばあちゃんが何を伝えたいのかって。でも、なんにも思いつかないんですよね、困ったことに」

「で、僕に相談を」

「あたし、ネイルサロンをやってるじゃないですか。それで、来てくれるお客さんに相談してみたんですよね。そしたら、こちらのお店を紹介してくれたお客さんがいたんです。こちらのご店主は、古い物が悪さをしたときに解決してくれるって」

「僕は陰陽師《おんみようじ》とかではないんですが」

司が片手で額《ひたい》を押さえてため息を漏らした。

「お祓《はら》いとかしてくれるわけじゃないんですか？」

「そういう対策をお望みでしたら、神社かお寺にでも行かれたほうが――」

「でも、なんていうか、お祓いしてくれって頼みにくくありません？　そもそも、ちゃんとした神社とかお寺がそんなことしてくれるとも思えないし」

「お気持ちはわからなくもないですが」

司の応じる声がぶっきらぼうなのは、自分はちゃんとしてないのかとでも皮肉りたいからだろう。

「こちらのご店主は、変に料金ふっかけることもないし、応対も礼儀正しいし、相談にうってつけだと聞いたんですよね」

「過分な評価ですね」

にっこりと微笑んではいるが、目が笑ってない。

（うわー）

司の機嫌がこれ以上悪くなるのはまずい。

「夢を見るということですが、万年筆を手放したいというご意向ですか？」

結真が割って入ると、里桜は指でこめかみを押さえた。

「それで解決できればいいんですけどね。一回、家から出してみたことがあるんですよ、万年筆。だけど、依里はその夜もやっぱり夢を見たっていうんです。近くにあっても、遠くにあっても夢を見るんですよ。どうすれば、夢を見なくなるんですか？」

結真は司の横顔を見た。司ならば、問題を解く方法を知っているのだろうか。

司が慎重な口ぶりで仮定を提示する。

「……夢を見るのは、依里さんご自身に問題があるのでは？」

「そう言われても、何も思い当たらないんです。ね、依里」

唇を尖らせた里桜に念押しされて、依里はおとなしくうなずく。

結真は里桜が依里との間に立ちはだかる障壁に思えてきた。

（依里さんが喋ってくれないことには……）

彼女の本心が見えない以上、こちらだって解決の手がかりすら得られないのだ。

里桜が司に向かって身を乗り出す。

「あの、えーと、えーと、お名前は」

「瀬戸です」

「瀬戸さんは、どうやって解決するんです？　その万年筆に何か……幽霊とか取りついてるんですか？」

「僕は霊能力者ではありません」

「じゃあ、どうやって解決するんです？」

司が一瞬黙ったあと、あきらめたように息を吐いた。

「……僕には骨董の声が聞こえます」

「骨董の声？」

「今の持ち主とかつての持ち主の想いが重なったとき、古い物は語りだします」

「じゃあ、その万年筆もしゃべってるんですか？」

里桜が挑発するように司を睨《にら》んだ。

「話してますよ」

「なんて言ってるんですか？」

里桜の質問に、司は依里を向いて答える。

「捨てろ、と言ってます」

「捨てろ？」

里桜が怪訝《けげん》な顔をするが、司はじっと依里を見つめて問いかける。

「依里さん、心あたりはおありですか？」

彼女はびくっと肩をすくませたあと、助けを求めるように里桜の腕を摑む。

「あるの？　依里」

依里が首を小さく左右に振ると、里桜が心なしか勝ち誇ったように司に言う。

「ないそうですけど」

「そうですか……」

司は白熱しそうな場の空気を冷ますように一拍の間を置いた。それから、万年筆を手にとると、目の高さに掲げる。

「これはひいおばあさまの遺品だということですが、ひいおばあさまについて教えていただいてもいいですか？」

「え、いいですよ。ひいおばあちゃんは佐々《さざ》ミソノっていうんです。趣味が花を育てることで、ふつうの人と変わんないと思うけど、ちょっと違っているところを言うなら、被爆者で語り部《べ》をしてたってことですかね」

「語り部ですか？」

「ええ。修学旅行生とかに、原爆のこととか語ってたんです」

お団子にした髪からほつれた一筋を耳にかけて、里桜は足を組みかえた。

「けっこう頻繁《ひんぱん》に出かけてましたよ。死ぬ間際まで語り部をやっていたから」

「亡くなったのは、最近ですか？」

「いえ、十五年前になるかな。風邪《かぜ》をこじらせて、肺炎になって、あっという間。あたしはそのとき十二歳だったと思います。依里は十歳だったよね？」

里桜の確認に依里は小さくうなずく。

司は万年筆を箱にしまうと、ふたりを見比べて質問する。

「おふたりは、ミソノさんと関わりはありましたか？」

「大ありです。あたしはひいおばあちゃんと一緒に暮らしてたから。依里もよくうちに遊びに来てたし、そのときは、ひいおばあちゃんに折り紙教えてもらったりしてましたよ」

「他に覚えていることがありますか？」

「え、うーん、なんかあるかな。可愛がってもらったと思いますよ。お菓子とかお小遣いとか、けっこうもらったし」

司が眉間《みけん》に皺を寄せた。お菓子のことなどどうでもいいと思っているのが、ありありと伝わってくる。

「他に印象に残っていることはないですか？」

「他にですか……」

里桜は背もたれにもたれると、腕まで組んで天井に目を向けた。司から染みだす苛立《いらだ》ちなどまったく気づかない様子だ。

「小四のころだったかな。ひいおばあちゃんに原爆のことを訊いたことがあったんです。長崎にいたら、授業で習うでしょ、色々と。それで、ひいおばあちゃんは実際に体験したわけだから、訊いておこうかなって」

原子爆弾が長崎に落ちたのは、昭和二十年八月九日午前十一時二分。

夏が近づくと、長崎の子どもたちは平和学習という授業で原爆について繰り返し学ぶ。夏休み真っ最中の八月九日は登校日になり、黙禱《もくとう》や学習の総括に半日を費やす。

「どんなお話を聞いたんですか？」

「ひいおばあちゃん、その日は長崎医科《ながさきいか》大学に行く途中の路面電車の中で被爆したそうです。けっこう大怪我《けが》して大変だったみたいですよ。爆風で粉々になったガラスが身体にいっぱい刺さったとか言って、傷痕《あと》を見せてくれましたもん」

想像しただけで全身がちくちくとしてきて、結真はぶるりと震える。

司が真剣に相槌を打つ。

「……助かってよかったですね」

「本当。医科大学で逢《あ》う予定だった人は、死んじゃったそうですけどね」

長崎医科大学は、現在の長崎大学医学部の前身だが、爆心地に近いため、教職員や生徒が多数亡くなったのだ。

「逢う予定だった人、ですか？」

「恋人だったみたいですよ。それを聞いたときは、ひいおばあちゃんもやるなぁって思いましたけど。親にも秘密だったみたいですよ」

「親御さんと一緒にお住まいではなかったんですか？」

「ひいおばあちゃんの実家は島原《しまばら》なんだそうです。被爆する数日前に、長崎市内の親戚をたずねに来たそうですよ。ま、親戚をたずねにっていうより、恋人に逢いたかったんだと思いますけど」

島原は長崎市の東にある半島だ。農業が盛んで、雲仙《うんぜん》や小浜《おばま》といった温泉地がある。教科書に載っている『島原の乱』の舞台は、半島の南端に近い原城《はらじょう》だ。

「そうですか。でしたら、この万年筆は恋人の物かもしれませんね」

「なんでわかるんですか?」

遥那が運んでいた水を一口飲むと、里桜は目を丸くする。

「万年筆のペン先が戦前のものです。戦中、万年筆のペン先は、金属類回収令に従って供与されたことが多いんですよ。今、残っている戦前の万年筆でも、ペン先は戦後につけたという例がしばしば見られるんです」

「……医科大学の学生だったから、万年筆を使ってたってことですよね」

結真はつぶやくと、うなずいて司の推測に同意を示した。勉強に筆記具が必要なんだから、ペン先を供出したとは考えにくい。

「へぇ、そういうこと」

感心したようにうなずく里桜に、司がたたみかける。

「他には何かありませんか?」

里桜が依里と顔を見合わせる。そろそろ何か話してくれないかと期待に満ちた目を依里に向けてしまうが、依里は表情を隠すようにうつむいてしまう。

「……ひいおばあちゃん、島原に帰ったあと、被爆者だってことを隠せって親から命令されたって言ってました」

里桜が怒りをあらわすように、くっきりとした眉をつりあげた。

「被爆者だってバレたら、差別されるからって」

「差別されるですか？」

「そう。原爆を受けたあとって、放射能を浴びたせいで、髪が抜けたり吐血《とけつ》したり、原爆症になったでしょう。あの病気が移るって噂《うわさ》が流れたらしくって。それで、ひいおばあちゃんはずっと島原にいた、長崎市には入ってないってことになったって」

「長崎市内でもあったそうですよ、そういう差別は」

司が憂鬱そうに言う。知識がない時代だったとはいえ、あまりにも悲しい。

「あたし、それを聞いたとき、猛烈《もうれつ》に腹が立ったんです。被害に遭《あ》った人を差別するって、おかしくないですか？　そんなこと、本当だったら、とても恥ずかしくて口にできることじゃないでしょう？」

里桜の剣幕に驚いた。姿形の華やかさから想像するより、内面はずっと真面目なのかもしれない。

「現在でも、似たようなことをする人はいますよ」

司の穏やかな牽制《けんせい》を聞いても、里桜の怒りは収まらないのか、こぶしを握って力説する。

「あたし、そのとき、ひいおばあちゃんに言ったんです。もしも、そんな奴が今でもいたら、あたしがぶん殴ってやるって」

「ミソノさんはなんて言いましたか？」

「笑いころげてました」

「でしょうね」

小学生のひ孫の無謀《むぼう》さは、滑稽《こっけい》というより可愛らしかったことだろう。

「ミソノさんは、それからどうされたんですか？」

「経緯はよくわからないんですけど、結局のところ長崎市に来てるんですよね。それで結婚して、おじいちゃんを産んで、おじいちゃんからあたしの父と依里の父親に繋がって、今に至るんですけど」

「なるほど」

と司は虚空《こくう》を睨んで考えているが、結真は混乱していた。

（さっぱりわからん）

結局、万年筆が告げたという「捨てろ」という言葉は、どこに当てはまるのか。

「で、これで何かわかります？」

里桜が我に返ったのか訝《いぶか》しげに問う。

「まあ、なんとか。ところで、この万年筆はお預かりしてもかまいませんか？」

「いいですけど……いいよね、依里」

うなずく依里を確認してから、里桜は司に頭を下げた。

「お願いします」

「この万年筆を僕が預かって、それで依里さんが夢を見なくなるなら、御《おん》の字《じ》です」

「夢を見続けるようだったら？」

「ともあれ、調査はします。ところで眠れないんでしたら、睡眠導入剤など処方してもらうことをお勧めしますよ」

　司の提案に首を横に振ったのは、里桜だった。

「依里、薬は飲めないんです」

「そうですか。じゃあ、早急に何か手がないか調べますから」

　司が言うと、里桜はバッグからごそごそと封筒を取り出した。

「これ、調査に使ってください」

　テーブルに置かれた封筒を見て、司が苦笑を浮かべた。

「お金でしたら要りませんよ」

「瀬戸さんを働かせるわけだから、お金を払うのは当然でしょ」

　里桜は凛《りん》とした口調で言う。

　司が封筒を手元に引き寄せた。

「では、これもお預かりしておきます」

「今日は長い時間ありがとうございました。名刺にあたしの携帯番号のせてるんで、何か

あったら、電話してください」

てきた。

「依里、帰るよ」

里桜は立ち上がると、依里を促《うなが》した。

依里は立ち上がると小さくよろめく。そんな彼女をしっかり支えて、里桜は笑顔を向けてきた。

「それじゃ、失礼します」

「お気をつけて」

結真は店を出るふたりを出口で見送る。外はとっぷりと暗闇《くらやみ》に覆われているためか、里桜はスマートフォンのライトを点《つ》けると、依里の足元を照らしていた。

（過保護だなぁ）

里桜は依里を実の妹のように可愛がっているようだ。ともあれ、ひとりっこの結真には、なんだかうらやましい光景でもある。

ふたりが角を曲がってから結真は店内に戻る。

司は講座の後片付けの続きをしていた。

「わたし、やります」

「いいよ、僕がやるから」

プロジェクターにノートパソコンを重ねると、司は一気に抱えて骨董店に足を踏み入れる。結真は、はずしたスクリーンを小脇に抱え、コードを手にすると、彼のあとに続く。

時刻は二十一時を回った。明日も仕事があるから、早く帰宅するに越したことはない。倉庫にすべてを片づけると、司が手を払った。

「結真ちゃん、家まで送るよ」

「え、いいですよ」

「遅くなったからね。遥那ちゃんも送らないと」

「……すみません」

彼の気遣いがありがたい。正直、疲れ果ててしまって、バス停まで歩くのも億劫《おっくう》だ。

暖簾をくぐって骨董店に出る彼の背に、思いつくまま疑問をぶつける。

「瀬戸さん、ミソノさんのことを調べるんですよね」

「うん」

「どうして依里さんのほうを調べないんですか？」

結真がたずねると、彼が振り向いた。

「結真ちゃん。依里さんは、まだ話してくれないよ」

「でも、もっと訊いてみれば――」

「生きている人間はね、自分の心を隠すだろう」

司が足を止めると、結真と向き合う。ドキリとして、結真は自分の胸に思わず右手を当てた。

「言いたくないこと、言えないこと。言ったら軽蔑《けいべつ》されるんじゃないかってこと。それを暴くのは、簡単じゃない」

「……はい」

我が身に照らし合わせれば簡単なことだ。

結真だって、他人に言いたくないことは数えられないほどある。

東京から失意を抱えて帰郷したこともそうだし、自分を捨てた父親への憎しみは、なおさら誰かに知られたくない。

「そういうときは、時が止まった人間のほうを調べるんだよ。僕の経験上、遠回りのようで、実は一番早く答えが見つかるから」

「そうなんですか?」

「時が止まった人間は、嘘をつかないから」

じっと見つめられて、結真は視線をはずした。司には隠していることを何もかも見破られるような気がするのは、なぜだろう。

「なんでそんなふうに熱心になれるんですか?」

彼の気を反らすように質問する。

司はすぐには答えなかった。

「理由、あるんですか?」

相談を持ちかけられるといっても、所詮《しょせん》は他人事ではないか。

知らぬ存ぜぬ、関わらぬという態度でも、かまわないはずだ。

「前、言ったよね。半分は好奇心で、半分は義務感だって」

「はい」

「それもあるけど、本当は……」

司は一度足元に視線を落としたあと、結真を見つめる。

「以前、骨董の声を無視して、人を死なせたことがあったから」

胸に楔《くさび》でも打ち込まれたかと思った。結真は彼を凝視してしまう。

「死なせた、ですか」

「うん、そうだよ」

「でも、それって、その……瀬戸さんが責任を感じる必要はないんじゃないですか？」

結真は思わず彼に近づくと、司の腕を掴んだ。

「瀬戸さんのせいじゃないです、絶対に」

どんな言葉を聞いたか知らないが、骨董の声を聞いたからといって、必ず助けなくてはならないという決まりなんかない。司にだって様々な事情があるはずだ。

「僕のせいだよ。僕が手を差し伸べればよかったんだから」

「でも――」

「それ以来、ずっと後悔してる。あのとき、声を聞いたとき、助けるための手段を講じていればよかったって」

「そんなことない――」

「あのときああしていれば、こうしていれば――そんなことばかり考えていると、心に澱《よど》みができるんだ」

司が薄い笑みを口元に刷いた。結真をなだめるみたいに。

「もう後悔したくないんだよ。これ以上、自分の心をにごらせたくない。だから、声を聞いたら、なんとかしたくなるんだ」

そう言われたら、結真は引き下がるしかない。司の腕を放すと、彼は結真の頭にポンと手を置いた。

「僕は大丈夫だから」

「何か困ったことがあったら、言ってくださいね！」

結真は目と声に力を込めて言う。ただのお愛想《あいそ》に思われたくなくて、必死だった。

「わたし、瀬戸さんの助けになりたいんですからっ」

語尾が妙にひっくり返ってしまう。

「あ、うん」

「……笑わないでくださいよ。変な声出ましたけど……」

司が笑っちゃ気の毒だという目をして笑うから、結真は頬を軽くふくらませる。

「いや、ありがとう。そのときは、なんか、お願いするよ」

「すみませんね、頼りにならなさそうで」

腹を押さえて本格的に笑いだした彼を半眼で見た。

できる。

（ま、いいや）

司が元気になってくれるのなら、どんなに笑われたっていい。少なくとも、今晩は安心

「ねぇ、帰ろうよー」

遥那がカフェ側から声をかける。

「やー疲れたわ。飯でも奢《おご》ってもらわんと、割に合わん」

翔太が半顔を覆って大げさに首を振った。

司が冷たい目をして翔太を見る。

「たかり癖がつきすぎだろう」

「ひでぇ」

「あ、でも、本気でお腹減《なか》ったわー。なんか食べたいよね、橋口さん」

「え、うん」

明らかに巻き込もうとする遥那に、結真はおろおろして司とふたりの間に視線を動かした。

「こんな時間だったら、居酒屋しかあいてないだろう」

「居酒屋でいいでーす！」

遥那が右手を高く挙げた。

「明日も仕事があるから、酒はなしだよ」

「ビール一杯くらい飲ませろや」

と翔太が腕を組むと、遥那も高く挙げた手をこぶしにした。

「あたしも焼酎一杯くらい飲みたい！」

「飲み過ぎたら駄目だからね」

司はあきらめの息を吐き出す。

翔太と遥那の勝利の声を聞きながら、結真は身支度のために暖簾をくぐった。


数日後、結真は骨董店で売れた氷コップを箱に詰めていた。

小上がりに箱を置き、やわらかい紙で丁寧《ていねい》に包んだ氷コップを入れる。ネットで割れ物を買ったときの包装によく使われているプチプチは、使ってはいけないのだという。

『開封するときに、滑ることがあるからね』

と司が教えてくれた。

(さて、これからが大変)

骨董の持ち運びには、風呂敷を使うことが多い。箱の大きさがまちまちだからだ。骨董には、それピッタリの大きさの箱をあつらえている場合が多い。箱の大きさが合わないと、箱の中で物が動いて傷つく恐れがあるためだった。

「えっと、こうして、こうしてっと……」

習ったとおりに風呂敷を結ぶ。安定感を保ちつつ、万が一ほどけて中の品物がこぼれないようにしなければならないから、本気で気を遣う作業だ。

やっと包み終えると、軽く持ってみて確かめる。問題ないことを確認してから、暖簾の外に出た。

「お待たせしました」

「いや、いいとよ」

五十を越えたくらいのおっとりとした女性が答える。

この間の講座で骨董に興味を持ったという女性で、飾っていたガラスを気に入ってくれたのは、幸いだった。

「そういえば、汚れたときの手入れってどうすればよかとやろうか」

「ガラスは繊細ですから、流水を直接当てるのは避けてください。ぬるま湯を桶《おけ》なんかにためて、手洗いしていただけるといいですね」

「ふうん」

「洗ったあとのガラスを拭くときは、場所に注意してください。下が硬いところだと、落としたときに割れてしまいますから」

「座布団の上とかのほうがよかごたるね」

「畳の上でもいいですよ」

「色々教えてくれて、ありがとうね」

結真が風呂敷包みを差し出すと、目を細めて受け取る。

「ここの風呂敷、デザインのよかねぇ」

「オリジナルで作ってもらってるんです」

結真も気に入っているデザインなので、褒《ほ》められるとうれしい。

撥水《はっすい》加工をした水色の生地に青い波とデフォルメされた御座船《ござぶね》が描かれた風呂敷だ。この風呂敷自体も販売しているのだが、観光客が手にとってくれるおかげで、馬鹿にならない売り上げをあげている。

「次の講座はいつすると？」

「すみません、予定が決まってなくて……」

愛想笑いをしながら頭を下げた。

司はあれ以来、暇をつくってはミソノのことを調べている。

里桜に確認したところ、日記や語り部をする際にしたためていた草稿の類は、火葬のときに柩《ひつぎ》に収めてしまったのだという。

『依里の夢のこと、同居しているあたしの親には内密にしてるんです。だから、そっちの線から調べるのは止めてくださいね』

という念押しまでされて、八方ふさがりに思えたが、司は突破口を見つけていた。

彼が頼ったのは、ミソノが原爆の語り部をしていたという事実だ。

『ミソノさんは語り部だったから、ヒントがどこかに残ってるんじゃないかと思うんだ』

そう言った司は、原爆資料館やら図書館やらに行っている。映像資料や図書館にある昔の新聞を調べているらしい。

「そう、残念やね」

「しばらくしたら、また再開しますから」

「楽しみにしとるけん」

見送るために外に出て、一礼する。頭を上げたあとに目線を向けるのは、客が手にした風呂敷包みだ。

(ほどけんよね……)

家でも練習しまくっているために、とりあえず形にはなっているが、やはり心配なのだ。

(それに、わたしが包むと、あんまりきれいじゃなかとよね)

ただ包むのときれいに包むのとの差は大きい。風呂敷の包み方で骨董店の良し悪《あ》しがわかるとも言われているから、なおさら緊張する作業なのだ。

客の姿が見えなくなってから、結真はふうと息をついた。

(瀬戸さん、結局帰って来なかったな)

閉店時刻の十八時を回ってしまったのに、空はまだ明るい。梅雨の合間の貴重な青空を眺めて、結真はまた息を吐き出す。

(東京の空、どうだったっけ)

長崎は西の果てだから、日の入りが随分《ずいぶん》と遅いのだ。東京から長崎に帰ってきたことをまざまざと実感させられたのは、夕暮れの時間に差があることだった。長崎は夏になると、十九時を回っても、なお空が青い。

（まだ東京におったら、どげんなっとったとやろう）

どこかの駅で電車に飛び込んでいたのか、それとも、状況に馴染《なじ》んで何も感じなくなっていたのか。

頭の中で仮定を巡《めぐ》らせても、それが虚《むな》しくなるほどに現実味がない。

司の顔が見たいな、と無性に思った。彼といるときは、ここにいることがまちがいではないという自信を得られる。

（……甘えとる）

腹に力を入れると、扉にかけていたOPENの看板をCLOSEにひっくり返して店に入った。

さっさと片づけをして帰ろうと厨房に入ると、遥那と翔太がガスコンロの前にいた。

「なんしよっと？」

「五島《ごとう》うどん、茹《ゆ》でとると」

遥那が鍋に入ったうどんを菜箸《さいばし》でかきまぜている。

翔太はなぜか油の入った鍋に衣をまとわせた茄子《なす》を入れている。

「うどん、どうすっと？」

結真の質問に、遥那はうどんだけを見つめて言った。

「今日、忙しくて、お昼食べられんかったたい？」

「うん」

「うどん、食べようかなって思って」

「賛成です」

結真は小さく手を挙げた。忘れていた空腹を意識すると、猛烈に食欲がわいてきた。

「それにしても、なんでうどんのあっと？」

一応おしゃれカフェなのだ、この店は。

「お店のメニューにサラダうどんでも追加しようかなぁと思って、試作のために買《こ》うとったと」

「なるほど」

「でも、そんなまだるっこしいことしたくなかと、今は。とにかくうどんを死ぬほど食べたい！」

「わかる！」

「というわけで、夕飯は五島うどんの地獄炊《じごくだ》きです！」

「賛成！」

「天ぷらもあるよっ！」

翔太が揚がった茄子をバットの網の上にのせながら、ため息をついた。

「この茄子、明日のラタトゥイユ用やぞ」

「明日のことは明日考えればよかたい。今はとにかく、うどんと天ぷらばお腹いっぱい食べたかと」

遥那が断固とした口調で宣言する。

「テーブルの用意しとくね」

結真は言い置くと、店から椅子《いす》を一脚運んだ。併せて三脚になった賄《まかな》い用のテーブルの上に、鍋敷きと猪口と箸を用意した。

そうしている間に、遥那がミトンをはめて鍋の取っ手を摑むとテーブルに運ぶ。

結真は冷蔵庫から卵を数個取り出すと、ボウルに入れた。一刻も早く空腹を満たしたいから、すべての動作は流れるように早い。

結真が卵をテーブルに置くと、遥那が醬油《しょうゆ》とかつおぶしの小袋をまとめてテーブルに置いた。

「地獄炊き、久しぶりに食べる」

結真は生卵を猪口に割り落とすと、醬油を適量垂らした。それから、薬味のかつおぶしを入れる。

地獄炊きは五島うどんの産地である五島でのうどんの食べ方だ。茹であげのうどんを卵と醬油というシンプルなタレで食べる。

「あたしも久しぶり」

「あ、おい、先に食うな」

翔太の声を完全に無視して、結真と遥那は同時に手を合わせた。

「いただきます」

声を合わせてから、うどんの入っている鍋から菜箸でうどんをすくう。

卵とからめてうどんをすする。そうめんより一回り太いくらいの細いうどんの間にとろりとした卵がからんでいる。

コシのあるうどんの歯ごたえと、つるつるとしたうどんと卵のとろみが混ざった喉越《のど》し、醬油の旨味《うまみ》、それぞれが一体となって、胃の底に落ち着くころには満足感を生みだす。

「めっちゃおいしい」

「これ、やばいね。うどんが無限に食べられるやつだよ」

遥那とふたりでうどんを競うようにすくっていると、茄子の天ぷらが盛られた皿が乱暴にテーブルに置かれた。揚げたての天ぷらの香ばしい匂いが鼻をくすぐる。

「……信じられん。もう半分なかって」

「だって、遅かとやもん」

遥那がうどんをすすりながら、顔半分を翔太に向ける。

「天ぷら揚げよったろ!?」

「あ、そろそろ油がほしかったところです。いただきます」

遥那が茄子を皿の端に盛られた塩につけてかぶりつく。

「あふくておひしひ。はしぐちはん、はべり」

「いただきます」

息を吹きかけた茄子をそっと頬張る。中のやわらかい部分を激熱のまま呑《の》み込まないようにしなければならない。

「おいひい」

「やろ」

外はカリッとした茄子の中は、とろけるようにやわらかい。

揚げたての天ぷらは、頬張るだけで幸せになれるのだと今日初めて知った気がする。

「いや、待てって」

翔太は椅子に座ると、あわてて卵を溶きはじめる。

「天ぷらのあとのうどんも最高ですよ、橋口さん」

「うん。ますます進むね、うどんが」

「俺《おい》の分まで食うなっ」

「また茄でればよかたい、自分で」

遥那は茄子を頬張りながら、切ない息を漏らした。

「海老《えび》があればなぁ。海老天、ほしかった」

「うるさい」

「ここで焼酎があれば、もう最の高やけどなぁ」

「仁田《にた》さん、ここおしゃれカフェやけん」

おしゃれカフェに焼酎が常備してあったら、おかしいだろう。

遥那が茄子を食べてから身を乗り出した。

「橋口さん、骨董講座ば提案して、けっこう成功しとるたい？」

「成功しとるかわからんけど」

「お役立ちな橋口さんに負けないように、あたしも提案があります」

居住まいを正して咳払《せきばら》いする遥那を、結真と翔太は箸を止めて同時に見た。

「週末、店を夜まで開けて、お酒出したらどうやろと思っとるとけど」

「わいが飲みたかだけやろ」

興味をなくしたのか、翔太がうどんをすすりだす。

「違いますー。夏はさ、夜、出歩く人おるやろと思って」

「やっぱり、カクテルとか出すと？」

結真が質問すると、遥那が腕を組み、悩ましげな顔をする。

「焼酎は出せんよね、おしゃれカフェやもん」

「あ、でも、レモンサワーとかはいいっちゃなかと？」

結真の提案に、遥那は目を輝かせた。

「じゃ、焼酎ありやん」

「やっぱ飲みたかだけやろが」

翔太が茄子をかじって冷やかす。

「あたしが飲むわけなかたい。仕事なのに」

「ここで話してもしょうがなかろ、司に言わんと」

「じゃあ、大丈夫たい。司さん、ちょろいもん」

遥那の軽口を翔太が鼻で笑い飛ばす。

「司がちょろいとか……。あいつくらい厄介な奴、見たことなかぞ」

「そうなんですか?」

結真が身を乗り出すと、翔太がうなずいた。

「あいつ、他人と争うこと何とも思わんけんな」

「へぇ、意外」

遥那も前のめりになる。

「中高一緒やったけどな。あいつ、教師が教科でまちがったこと言うたら、授業中でも文句言いよったけん」

「うわ、面倒くさい」

「生徒に暴力振るって揉《も》み消した教師が不倫しよるって知ったら、あいつ、探偵ばりにつけ回して、ラブホに入るときの証拠写真撮って、家と教育委員会に送りつけよったけんな」

「怖っ」

と遥那が言えば、

「やりそう……」

と結真は納得してしまう。

「でも、そげん態度やったら、先生に嫌われよったとじゃなかと？」

遥那の質問に、翔太は首を横に振った。

「成績だけはよかったけんな。あいつ、そういうところは抜け目なかけん」

「うわー、そうなんだ」

遥那が感嘆の声をあげる。結真は席を立つと、冷蔵庫から水出し緑茶の入った冷水筒を取り出した。冷水筒をテーブルに置くと、棚に並べてある猪口をテーブルに運ぶ。

「お茶、飲む？」

訊くと、ふたりがうなずく。猪口にお茶を注ぐと、ふたりの前に出し、ついでに自分の分も注ぐ。結真が椅子に座ると同時に、遥那が口を開いた。

「翔太さんはさ、なんでそんな性格微妙な人と友達なん？」

遥那の問いはストレートすぎた。

「いや、これは話せば長い理由が――」

「長かなら言わんでよか」

「いや、聞けよ」

翔太が卵の入った猪口の上に箸を横にした。

「なんていうか……あいつほっとかれん、みたいな気持ちになってな」

「え、それ、友情じゃなくて愛情なん？」

遥那が興味津々といった顔をする。

「違う。あのな、うかつに捨てられん外来生物飼《こ》うたとするやろ」

「カピバラみたいな」

と遥那が言うから、結真も合わせた。

「ビーバーとかね」

「あいつ、それと同じたい。捨てたら何しでかすかわからんけん、とりあえず目の届くところにおったほうがよかとじゃなかとやっていう」

「確かに、角曲がってカピバラおったら、すごいびっくりするよね。えっ、なんでこげんところにカピバラおると？　みたいな」

納得したのか、遥那が大きくうなずく。

「そうやね。ビーバーがそこらへんの川で巣ば作っとったら、餌《えさ》のあるとかなって心配になるもん」

結真もまじめに同意すると、翔太が眉を跳ね上げた。

「おい、さっきからカピバラとかビーバーとか、司はそげん可愛か動物とは似とらんとぞ。もっと害のありそうな動物ば言えさ」

翔太に煽《あお》られて、結真と遥那は顔を見合わせた。

「害がある外来生物といえば、マングースたい」

と結真がまじめな口調になれば、遥那は負けじと深刻な表情になった。

「カミツキガメもたいがいだよ」

「そういえば、知っとる？　日本のワカメが海外の海で繁殖しよるとけど、迷惑な外来生物扱いなんだよ」

結真が豆知識を披露すると、なぜか遥那がすごい勢いで食いついてきた。

「ワカメが？　なんで？」

「海外の人、食べんけん、繁殖したら、ただ邪魔なだけやって」

「嘘！　ワカメスープとかすごいおいしいのに！」

遥那が首を横に振って、ワカメを擁護《ようご》する。

「ワカメが迷惑なんて、もったいないなか。ワカメのおいしさ、誰か伝えればよかとに」

「君たち、なんでワカメの話してるの？」

厨房の入り口に司が立っている。

飛び出しそうな悲鳴を、結真は懸命に呑み込んだ。

「司さん、おかえり」

遥那が平静を装って手を振る。

司がテーブルの上の食器を見渡した。

「夕飯、食べたんだ」

「こいつら、昼、食ってねぇんだよ」

遥那と結真をかばおうとしてか、翔太が横柄に答える。

「僕の分は？」

投げかけられた質問に、三人で同時に鍋を覗いた。

遥那が菜箸で湯の底に沈んだ一本を持ち上げる。

「うどんが一本あります」

「一本……」

愕然《がくぜん》とした司のつぶやきを聞きながら、結真は茄子の皿に顔を向けた。小ぶりなやつが一個だけ残っている。

漂う気まずさを、遥那が勢いよく立ち上がって破った。

「あたし、うどん茹でますね」

鍋を流しに運ぶ遥那を見送った翔太が立ち上がった。

「茄子、あと一本あったな」

結局、司の対応は、結真の仕事になった。

「お茶飲みます?」

「うん」

新しい猪口を棚から取り出すと、椅子に座った司に水出し緑茶を注いで手渡す。

司は一気に飲み干すと、猪口を差し出してくる。お代わりを注いで手渡しながら、結真は彼を労《いた》わった。

「お疲れさまです」

「うん」

「何か、手がかりは見つかりましたか?」

椅子に座って身を乗り出す。結真の質問に、司は手にした猪口の水面に視線を落とした。

「まだ見つからないかな」

「そ、そうですか」

司はまたお茶を飲み干すと、テーブルにタンと音を立てて置いた。それから、眉の間を指で揉む。

「ミソノさんの体験記が載った新聞や語り部の証言集も読んだんだけど、被爆前後のことしか書いていなくて、ピンとこないんだよ」

「はぁ」

「とりあえず、テレビ局にいる知り合いに映像がないか探してもらってるけど」

「テレビ局ですか?」

「長崎だと原爆の特集番組とか作られるだろう。その中に何かないかなと思って」

「いろんな手を使うんですね」

「思いつく限りはね、何でもやらないと」

とつぶやく司を見ていると、結真は切なくなってくる。

(もう二度と〝声〟を無視したくないんだ)

だからこそ、司は行動し続けている。

「……わたし、依里さんに会います」

言った言葉に、油が弾《はじ》ける音がかぶさった。

「え？」

「依里さんに話を聞きます。もしかしたら、少しは気を許してくれるかもしれないし」

あのとき、依里はずっと沈黙していた。そのことに、結真は密かに反発していたが、彼女だって話したくても話せない事情があったのかもしれない。

（感情があふれそうで、だからこそ言葉が出ないときってあるよね）

だとしたら、気持ちがよくわかる。東京にいたときは、結真もそうだった。

「わたし、同じくらいの年齢だし、もしかしたら、何か情報を得られるかもしれないし」

腹に力を入れて説明すると、司が淡く微笑んだ。

「依里さんは結真ちゃんにまかせるよ」

「はい」

「僕が向き合っても、依里さんはたぶん話してくれないと思うから」

「そうでしょうか」

結真が首を傾げると、司はテーブルに両肘《ひじ》をつき、両手を組んで遠くを見た。

「捨てたらいけないマングースやカミツキガメと同類にされる男と会話してくれる女の子はいないだろう」

「いや、それは」

「おまけにワカメの話題に負けるし」

「……ワカメ、おいしいですよね」

どうやら外来生物のところから話を聞いていたらしい。こっそり聞いているくらいなら、さっさと止めてくれてもいいのにと思わないでもない。

「ほら、食え、カミツキガメ」

翔太が司の前に茄子の天ぷらの皿を放る。

「司さん、気にせんでね。あたし、司さんはカピバラみたいと思っとるけん」

遥那がうどんの入った鍋を鍋敷きの上に置く。

結真は立ちあがると、冷蔵庫から卵を取り出した。それから新しい猪口と一緒に司に渡す。彼は卵を割ると、ため息をついた。

「カピバラって寝てばかりだよね」

「瀬戸さんは働き者だから大丈夫です」

結真が励ますと、司が苦笑いする。

「ありがとう、結真ちゃん」

「とにかく早く食えさ、片づかんけん」

「翔太はあとで店の裏に集合な」

不愛想に答える司がうどんをすくうのを眺めながら、結真は自分の皿を洗うために立ち上がった。

翌々日。結真は大浦天主堂下《おおうらてんしゅどうした》という名の停車場で路面電車を降りると、傘をさした。線路を進む電車を見送ってから、雨の下の横断歩道を渡る。

(ちょっと早かったかな)

降りる直前に眺めたスマートフォンが表示した時刻は、十五時四十五分。依里との待ち合わせ場所は、十六時に大浦海岸通りの裏通りにあるカフェだった。

(ま、いいか)

待ち合わせ場所のカフェを確認したら、時間まであたりをうろうろすればいい。近辺には、大浦天主堂からグラバー園、孔子廟《こうしびょう》にオランダ坂といった有名な観光地が徒歩圏内に集まっている。

そのせいで、周辺には鼈甲《べっこう》店やちょっとした土産物屋《みやげ》があった。依里がいなければ、それらの店を覗いてみるだけでも時間がつぶせるだろう。

(……長崎って本当に小さな街やね)

中華街も眼鏡橋もここから徒歩三十分圏内だ。海と山に挟まれて、平地が少ないせいもあるのだろうが、かつての長崎の中心地はごくごく狭かったという証拠だろう。

カフェに続く道は、朝から降り続く雨にしっとりと濡れていた。建物の間に植えられた紫の紫陽花が緑の葉の間に咲いている。

長崎は至るところに紫陽花が植えられている。雨の下で眺める紫陽花は、絶え間なく落ちてくる水滴を受けて、気持ちよさそうだった。

約束した店に近づくと、イギリス国旗が軒先に飾ってあった。紺色の庇《ひさし》の下に立っている依里を見て、結真は小走りになる。

「すみません、お待たせして」

「……いえ、そんなには……」

はにかんだ微笑みを見せる依里は、いっそう頬がこけたように見えた。

（うわ、大丈夫やろうか）

目の下の隈はコンシーラーで隠しているつもりだろうが、隠しきれていない。

結真は庇に入ると、傘をたたんだ。

「……橋口さん」

ためらいがちに名を呼ばれて、結真は首を傾げた。

「はい？」

「ごめんなさいね、わざわざ来てもらって」

唐突に謝罪をする依里に、結真は空いた手を軽く振った。

「ああ、気にしないでください。今日、休みだったので」

結真は庇の外に傘を出して水を切ると、依里に微笑んだ。

「こちらこそ、すみません。お仕事帰りに」

昨夜、仕事が終わってから結真は里桜のネイルサロンに行った。依里との面会を仲介してもらうためだった。

『別によかけど……。依里、最近は保育園で臨時の仕事ばしよるけん、時間ができるの、夕方になるかもしれんよ』

結真の爪の手入れをしてくれながら、里桜は依里についていくらかの情報をくれた。

「保育士さんなんですよね」

結真の確認に、依里は浅くうなずいた。

「うん、今は決まった時間しか働きよらんけど」

「すごいですね、わたし、子どもの相手とかできんから」

素直に褒めると、依里は腹を撫《な》でた。

「……子ども、好きやけん」

かすかに頬を染める依里は、前回より警戒を解いてくれたようだ。

(よかった……)

緊張がややほぐれたところで、結真は店を指さした。

「入りましょうか」

「うん」

金色に塗られた取っ手を握って重みのある扉を開けると、先に依里を中に入れる。傘を傘立てに立てると、中年の店主が声をかけてきた。

「いらっしゃい」

テーブルが三卓しかないこぢんまりとした店だ。店内の飾り棚にはアンティークのカップやソーサーが飾られて、女子が好みそうな可愛らしい雰囲気でまとめられている。

「ここにしましょうか」

結真が入り口そばの席を指すと、依里がゆっくりと椅子に座る。

淡黄色《たんこうしょく》の壁紙には赤い花がいくつも咲いている。緑の茎が花と花の間を結んで、規則的に繰り返されるパターンはリズミカルだ。深緑色のテーブルクロスの上には、小ぶりなガラスの花瓶に紫陽花が一輪活けられている。

中年の店主が渡してくれたメニューを眺める。

ワッフルと紅茶がメニューのほとんどを占めていた。

「ここ、紅茶のお店なんですね」

ダージリン、アールグレイといった飲んだことのある茶葉から、ルフナやラプサンスーチョンなど味の想像のつかない茶葉まである。

「何にしますか？」

「……わたしはミルクティーで」

「じゃあ、わたしはラプサンスーチョンで」

それぞれ好みのワッフルも注文すると、結真は依里を見つめた。

「眠れてますか？」

結真の質問に、依里は首を横に振った。

「あんまり……」

「そうですか。まだ夢を？」

結真がたずねると、依里は小さくうなずいた。

「まだ、見るとよ」

「そうですか……」

結真は膝に置いた手を密かにこぶしにした。

（まずいなぁ）

万年筆は預かったままだ。それなのに、依里は夢を見ている。

『依里さんも心の底で自分に言い聞かせているはずなんだ、捨てろって』

司はそう説明してくれた。

『知りたいのは、〝何を〟なんだよ、結真ちゃん』

ミソノが捨てろと命じているのと同じものを、依里も捨てろと心の底で己《おのれ》に言い聞かせているはず。しかしだ。

（人の心を暴くのは簡単じゃない）

『もしかしたら、自分も認めたくないのかもしれないね』

司はそうも言っていた。認めたくないからこそ、〝何を〟が聞こえないのかもしれない。

（せめて、何かしらの手がかりでも見つけられたら）

このままだと、依里が身体を壊しかねない。

結真はぐっと身を乗り出すと、明るく話しかける。

「依里さんは里桜さんと仲良しなんですね。うらやましいです。わたし、ひとりっこだし、従兄弟《いとこ》とも歳《とし》が離れてて」

「……里桜ちゃんはお姉ちゃんみたいやから」

「里桜さん、ハキハキしてますもんね」

「里桜ちゃん、昔からああやけん。ずっとうらやましかった」

「そうなんですか？」

ワッフルを焼いているのか、厨房から道具を扱う音がする。

「里桜ちゃんは……自分の親にもああいう口のきけるとよ」

「わりとふつうじゃないです？」

結真だって、母親に対してなら、ずけずけと話す。さすがに父親の話題を出すのは避けるが、それ以外なら、ほとんど遠慮しない。

「そうなん？」

意外そうにたずねられるので、結真は逆に質問する。

「依里さんは違うんですか？」

依里はとたんに黙り込むとうつむいた。

(うわ、なんかまずかったやろうか)

沈黙を狙ったように、店主がポットに入ったお茶とカップ、ナイフやフォークを運んでくる。すべてをセッティングすると、砂時計を置いた。

「砂が全部落ちたら飲めますから」

「ありがとうございます」

礼を言ってから、砂が落ちる様子と依里を見比べる。

砂時計は音もなく時を刻んでいる。

「……わたしは……親には何も言いきらん」

か細い声で依里がつぶやく。

「そうなんですか？」

「……小さいころから厳しかったけん。テストの点悪かったり、言うこと聞かんかったりすると、叩かれよったし」

「えっ、そんなことが」

にわかには信じられない思いで、依里を見つめる。

（そげんこと、あっとやろうか……）

事あるごとに母親に反抗していた結真にしてみれば、おとなしく叩かれていたの？　と問い返したくなる。

（わたしの母親とは全然違う）

基本的に結真の母親はやさしい人だと思う。やさしすぎて、頼りなく思えるほどだ。

父親が出奔したとき、母はうろたえるだけだった。そんな母を目にして、結真は失望した。母は動揺する娘を安心させようとするどころか、自分のほうが混乱していたのだ。夫婦でありながら夫の心がまったく見抜けなかった。そんな母の鈍感さにも、怒りを覚えた。

あのころは母の言葉に素直に従う気にはなれなかったものだ。寄りかけた眉間を指を使って広げていると、依里は遠慮がちに質問してくる。

「橋口さんはそげんことなかったと？」

結真は依里をまっすぐに見据《す》えた。

「全然ないですね。母親には文句言ってたし、喧嘩《けんか》もしてたし……」

「喧嘩……」

呆然《ぼうぜん》とする依里に自信を持たせるように、大きくうなずく。

「わたし、東京の大学に行ったんですけど、母親に反対されて。だから、喧嘩しましたよ。時には喧嘩も必要だと思いますよ、自分の意見を通すためにも」

なんだか偉そうに聞こえると思うが、あえて強気に言ってみる。

結真の発言が想像もつかないものだったのか、依里は困惑をあらわにしている。

「喧嘩なんて、とても……」

「でも、意見が合わないときってあるでしょう？　そういうときは、どうするんですか？」

「そういうときは……」

依里は下を向いてしまう。どこかに隠れたいというように肩もすくめた姿からは、微塵《みじん》も自尊心を感じられない。

「……わたしには、どうもできん」

「え?」

「どうもできんから……言うこと聞くしか……」

「はぁ」

結真はポットの茶をカップに注ぐと、込み上げてくる苛立ちを茶で胃の中に押し戻す。

ラプサンスーチョンは薬草に似た芳香だが、おいしいと感じる余裕がなかった。

(依里さん、おとなしすぎる)

彼女からは自分の意思というものをまったく感じない。それが結真には不可解でしかない。

「依里さん、なんでも親御さんの言うとおりにしなきゃいけないってわけじゃないんですよ」

「えっ」

依里は顔を上げて、仰天したように結真を見る。

「そうでしょう。たまには反抗しないと」

「反抗って……」

依里は斜めに視線を落とした。

「そげんこと、できん」

「でも……」

「わたしね、小さいころ兄ば亡くしとると」

突然の話題の転換に結真が言葉をなくしていると、依里が苦しそうに続けた。

「ふたりで山に遊びに行ったときに、道に迷ってしもうて……。兄が山の斜面で足を滑らせてね、それで亡くなって……」

「はぁ」

「……親からは、兄が死んだのは、おまえが殺したようなもんやけん、これからは兄の代わりにいい子でおらんばって」

「いや、そんな……」

「兄は頭がよくて、礼儀正しくて、親にとっては自慢の子やったけん。同じようにならんばって、ずっと言われよった」

信じがたい発言に、結真はテーブルクロスに描かれた薔薇を目でなぞった。

（嘘やろ……）

親が子に告げる言葉とはとうてい思えなかった。おそらくは傷ついているであろう依里をなぐさめるどころか、死の原因にするなんて。

結真は視線を依里に移した。彼女の瞳にはなんの力もこもっていない。

依里の前に置かれたポットを取り上げると、カップに茶を注いだ。

「お茶、どうぞ」

「……ありがとう」

依里は右手でカップの持ち手を握り、左手を添えて、一口だけ茶を飲んだ。

「依里さんは悪くないと思いますよ」

声に力を込めて続ける。

「だって、事故なんだから」

その責任を依里に押しつけるのは、絶対にまちがっている。

依里はソーサーにカップを戻すと、弱々しく微笑んだ。

「ううん。わたしが悪かとやけん。わたしが遊びに行きたいって言わんかったら、兄は死ななかったわけやし」

「いや、でも……」

続けようとしたところで、ワッフルが運ばれてきた。

こんがりと焼けたワッフルの中央にバニラアイスとたっぷりのアンズジャムがのっている。薄くスライスされたバナナがアンズジャムの周囲を囲んでいるのも食欲をそそる。

（けっこうボリュームあるな……）

依里のシンプルなワッフルと大きな差があった。

「……おいしそうやね」

依里の言葉にうなずく。

「ですね」

「アイス、溶けるからどうぞ」

「はぁ」

ナイフとフォークを手にしてワッフルを切り分けると、アンズジャムまみれのアイスをトッピングして口に運ぶ。アンズジャムの甘酸っぱさがワッフルの香ばしさとまじりあっている。アイスの冷たく滑らかな食感がアクセントになっていて、ボリュームがあっても最後まで楽しめそうだ。

「おいしい……」

アンズジャムの甘酸っぱさがお気に入りになった。酸味が甘みをしっかり引きたてている。

「依里さん、このアンズジャム、おいしいからちょっと食べてみてください」

おいしさを分け合いたくて、依里を誘う。

「え、でも……」

「せっかくですから、食べてみてください。気に入ったら、半分持っていっちゃってもかまわないので」

「いや、半分も要らんけど……」

依里はティースプーンでアイスをすくうと、口に入れて目を見張った。

「ジャム、おいしいね」

「でしょう。酸っぱいのがいいですよね」

身を乗り出すと、依里が微笑んだ。

「うん、酸っぱいのがおいしいね」

「なんだったら、半分どうぞ」

遠慮されないように、自分のスプーンを使ってアンズジャムのかかったアイスを半分ほど依里の皿にのせた。

「……ありがとう。橋口さんってやさしいね」

「え、いや、そんな。おいしいから、食べてほしかっただけなので」

結真は照れくさくなり、アンズジャムをのせたバナナを口に運ぶ。

（……って、おいしいだけじゃ、駄目やった）

さっきの話の続きを聞き出さねばならない。

「その、さっきのことですけど……依里さんは悪くないと思います、本当に。そんなことを言われたら、反発してもいいくらいで……むしろ、怒ってもいいくらいで……」

話しているうちに、もやもやとしてくる。

所詮、他人の依里に親との関係について助言したところで無駄ではないかという気持ちと、そもそも父親に出奔されて不完全な親子関係しか築けなかった自分がおこがましいという気持ち。

（……東京から逃げ帰った自分が何を言いよるんやろう）

そう思うと、むなしくなってくる。

「……橋口さん、知っとる？　子どもってね、自分の親に怒られるやろう。それでもね、親に抱きつきに行くんよ」

「は？」

唐突に持ち出された話題に結真が目を丸くすると、依里は淡く微笑んで続けた。

「わたし、保育園におるやろう。やけん、よく見るとよ、そういう子どもたち。親に怒られたけんって、子どもは親から離れたりせんと。むしろ、親に抱きつきに行くと。自分から離れていかんでって言うみたいに」

「それは……」

自分ひとりで生きていけないとわかっているからだろう。ただの防衛本能にすぎない。

「それって、親との絆《きずな》は切れないってことやなかとやろうか」

依里の言葉に、結真は奥歯を噛みしめる。

（親との絆なんて、すぐに切れてしまうもんやん）

現に結真は父親に絆をあっさりと切られた側だ。言い争うことも喧嘩をすることもなく、ゴミのように捨てられた。親子の絆なんて、信じられるわけがない。

「わたし、誰との絆も切りたくない……」

依里が自分の身体を抱きしめる。まるで、そうしていれば何もかも守れるように。

結真はワッフルに視線を落とした。アイスの縁が形を失っていく。

（絆なんて幻想やん）

このアイスのように、いつかは形をなくしていくものだ。そんなものを守ろうとして、なんになるのか。

「……なんでそんなに大切にしようとするんですか?」

感情がほとばしらないように用心してたずねる。

「絆なんて、切れるときは切れてしまうもんでしょう」

声が無様《ぶざま》に震えている。

「……だから、大切にせんといけんやろ」

依里の声も震えている。

「切りたくなくても、切れてしまうもんやから、大切にせんばいけんやろ? わたしは、兄もなくして、大切な人も――」

言いかけた依里の目の縁から涙がこぼれだして、結真はぎょっとした。

「え、依里さん」

「……ごめんなさい」

かすれた声で謝罪すると、依里は取り出したタオルハンカチで目元を押さえた。

「……すみません」

結真が詫《わ》びると、依里がハンカチに顔を埋《うず》めて、かすかに首を横に振る。

皿に目を落とすと、ワッフルにアイスの池ができつつある。

「ごめんね、橋口さん」

タオルハンカチから顔を上げた依里の目は真っ赤だった。

「わたしが悪かと。何もかも」

「いや……そんなことは……」

「橋口さん、あの万年筆、しばらくしたら、返してもらっていいけん。何もわからなくてもいい」

「ええ?」

「橋口さんたちに迷惑かけたくなかけん」

泣きはらした目で言われても、わかりましたと返事できるはずもない。

(今日はもう終わりにしよう)

依里の心は激しく揺れ動いている。こんな状態で、冷静に話ができるはずもない。

「ワッフル、食べてしまいましょうか」

言葉を行動で示すように結真はワッフルを大きくカットすると、口に放り込む。味わうというよりも皿の上を片づけるという気分で食べていることが、美味なワッフルに申し訳ない。

依里は食欲を失ったのか、お茶だけを飲んでいた。

(もしかして、具合悪かとやろうか)

依里の顔色があまりよくないのが気がかりだ。

「依里さん、大丈夫です?」

「……え、大丈夫よ」

「でも、顔色悪いし」

「本当に大丈夫だから」

依里の声には力がない。

結真は椅子の背もたれと背中の間に挟んでいたショルダーバッグからスマートフォンを取り出した。時刻は十七時半を過ぎている。

「そろそろ帰りましょうか」

結真がスマートフォンを見せると、依里がうなずいた。

「ごめんね、橋口さん。長々付き合わせて」

「え、いいですよ。あ、ここのお会計は瀬戸さんが持つって言ってましたから、わたしが立て替えときますね」

結真は立ち上がると会計をしてもらい、依里と一緒に店を出た。

灰色の雲からしたたり落ちる霧雨《きりさめ》が、あらゆるものを濡らしている。

「瀬戸さんにお礼ば伝えてもらってよか?」

申し訳なさそうにする依里に、結真は傘を広げつつ笑顔を向けた。

「そんなに気にしなくても大丈夫ですよ。お店の経費で落とすそうですから。それより、ご自宅まで送りますすよ」

「そこまでしてもらうわけには」

「いいですよ。心配なんです」

里桜から、依里と同居している家はカフェの東側にあたる東山手《ひがしやまて》洋風住宅群の建つ地区にあると聞いた。明治時代に建てられた洋風の建物が並ぶエリアだが、そこを過ぎると、近隣にはごくふつうの民家も建つ。

「じゃ、行きましょうか」

ここから歩いて二十分もあればつくのだろうか。

遠慮されないうちにと歩きだすと、依里がそろそろと並ぶ。

「ごめんね、送ってもろうて」

「え、いいですよ。そんな謝らないでください」

あんまり謝られたら、かえって悪いことをしているようで気が引ける。

依里の気をまぎらすために、結真は質問を投げかけた。

「依里さん、里桜さんの家に居候されてるんですよね」

「うん」

「お仕事の都合で？」

里桜の家からのほうが保育園に近いから、そうしているのだろうか。

「そうじゃなかとけど……」

言い淀《よど》んだので、結真はとっさに愛想笑いを浮かべる。

「あ、言いたくなかったら、無理しなくていいですから」

不必要なことまで根掘り葉掘り訊くと思われたくないから、フォローの一言を付け加えると、依里がしばし沈黙する。

（対応、まずったかな）

表情を崩さないようにしながら、内心で困惑を深めていると、依里がそっと息を吐いた。

「実家におりたくなかけん」

「はい？」

「やけん、出たと」

依里はそう言うとうつむいてしまう。それから、身体の調子が悪いのか、腹のあたりをしきりに撫でた。

（喧嘩でもしたとやろうか）

親との絆を切れないと言った彼女が実家にいたくないと言う。

ある意味、矛盾しているが、結真にも理解できる。

東京の大学に行きたいと訴えていた時期、反対する母の心情は理解できたが、反発を覚えていた。そのころは、帰宅するのが億劫だったものだ。

（うん？）

もしかして、依里も同じような状況なのか。

悶々《もんもん》としつつ、これ以上の質問をためらう。

あまりに彼女の心にずけずけと踏み込むと、依里がほんのわずかに開けてくれた扉を閉めてしまうのではないかと怖かった。

制服を着た男子学生がげらげらと笑いながらそばを通り過ぎる。裏通りといえども、車も通るし、通行人もそれなりにいる。

女子大生らしき一団が通り過ぎるのを待ってから、結真は何げなく質問した。

「里桜さんのご両親も一緒にお住まいなんですよね？」

「うん、叔父さんと叔母さんも一緒。叔父さんたちは、小さいころから知っとるけん」

「へぇ」

姪《めい》を受け入れて一緒に暮らしているわけだ。

「全部、里桜ちゃんのおかげやけん、本当に助かっとると」

「お姉さんみたいですもんね」

実の姉だってあんなに妹を可愛がりはしないのではないか。そう思わせるほどに、里桜は依里の味方だった。

「……うん」

依里がうつむいて答える。

あまり体調がよくないのか、顔色が悪い。

「大丈夫ですか？」

「大丈夫」

視界には洋風住宅群に至る坂道が映る。坂に近づいてから、依里にたずねた。

「ここ、のぼればいいんですよね」

「うん」

斜度二十度もないどうってことない石畳の坂だが、依里の体調が悪そうなのが心配だ。

とはいっても、どこを通ろうが、里桜の住宅のある辺りは坂を上らないと辿りつかない。

「がんばりましょうか」

とりあえず励ましてから、坂を一歩一歩上っていく。途中に、活水《かっすい》女子大学に繋がるオランダ坂があり、女子大生が道を行き来する姿が見られた。長崎では、男女問わず健脚じゃないと生きていけないのだ。

ふっと背後の気配が沈んで、結真は仰天して振り返る。

「依里さん!?」

依里が傘を放りだして座りこんでいた。顔色は真っ青で、口元をタオルハンカチで押さえている。

「うわ、大丈夫ですか?」

「……大丈夫」

「全然、大丈夫じゃないですよね!?」

濡れた石畳にかまわず腰を下ろしているのだから、尋常《じんじょう》ではなく体調が悪いはずだ。

「救急車、呼びましょうか?」

「だめ、呼ばんで」

スマートフォンを取り出した手を押さえられて、結真はぎょっとした。

依里の瞳は爛々《らんらん》と輝いている。

「お願いやけん、呼ばんで」

「で、でも……」

結真は自分の傘を彼女に差しかけると、周囲を見渡した。

（救急車呼ぶなって言われても……）

残りの手段は、自分が支えて歩くか、タクシーを呼ぶしかない。

「少し休んだら、歩けるけん」

「いや、でも……」

「あと、二週間やけん」

依里が片手で腹を押さえて、意味不明なことを言う。結真は自分の手を摑む依里の手をそっとはがした。

「二週間？」

「休んでれば、大丈夫やけん」

「いや、雨降ってますしっ」

こんなところにいたら、風邪でも引いてしまう。

「ちょっと待ってくださいね、タクシーを――」

スマートフォンでタクシー会社の電話番号を調べようと画面を開いたところで、すぐ横に軽乗用車が停まった。

「依里ちゃん!?」

運転席から飛び出してきた中年女性は、傘も持たずにあわてて依里に近寄る。

「依里ちゃん、どげんしたとね」

「……叔母さん」

依里の呼びかけで、この中年女性が里桜の母親で、依里の叔母なのだとわかり、結真は安堵した。

「体調不良みたいで。元から顔色がよくなかったんですけど……」

結真が口を挟むと、彼女は申し訳なさそうに頭を下げてくる。

「もしかして、この子を送ってくれたと？　ごめんね」

「いえ、こちらこそ。タクシーでも使えばよかったです」

今さらながらの反省を口にすると、彼女は首を横に振った。

「いや、一緒にいてもろうてよかった。悪かとけど、車に乗せるとば、手伝ってくれる？」

「もちろんです」

結真は自分の傘を邪魔にならない場所に置くと、ふたりで依里の両腋《わき》を支えて、後部座席に寝かせる。依里が道端に投げていた傘をたたむと、水切りした上で車に入れた。

「ごめんね、お礼はこんどで」

「いや、お礼なんか別に」

結真が首を振ると、運転席に乗り込んだ依里の叔母は車を発進させる。

あっという間に坂をのぼりきる車を見送って、スマートフォンを見つめる。十八時を指したとたんに、電話がかかってきた。司からだ。

「も、もしもし」

『結真ちゃん、今から店に来られる？』

落ち着いた声音《こわね》に無性に安心してしまった。

霧雨に濡れた前髪をかきあげて、無意味にうなずいてしまう。

「はい、大丈夫です」

『よかった、ミソノさんのこと、ようやくわかりそうなんだ』

告げられた一言に、結真は目を丸くした。車の去った坂の向こうを見つめて、息をつめる。

『結真ちゃん？』

怪訝そうな呼びかけに、結真は食いつくように叫んだ。

「今から行きます！　オランダ坂の近くなんで、すぐ着きますからっ」

『ああ――』

戸惑った返答を聞くと、結真は切電した。それから自分の傘を取り上げる。

（急ごう）

依里の話を聞いて、違和感が募《つの》るばかりだった。それを解決するための、足りないパズルのピースが、もしかしたら見つかるかもしれないのだ。結真は石畳の坂を小走りで駆け下りた。

電車に乗り、走るようにして店まで辿りついたのは、十九時前だった。

閉店したカフェに飛び込むと、テーブルを拭いていた遥那がぎょっとした顔で結真を見た。

「橋口さん、濡れとるやん！」

「え、うん」

「何してたの!?」

厨房へ引っ込んだと思ったら、タオルを持ってあわてて出て来た。

「うわっ」

「風邪ひくよ、風邪」

広げたタオルで頭をわしゃわしゃと拭かれて、結真は面食らう。

「乾きかけやけん、大丈夫」

電車の中の冷房で、髪はけっこう乾いている自覚があったのだが。

「そういう油断がね、風邪の元なんやけん」

髪のあとは濡れた服にタオルを押しあてられて、結真は照れくささのあまり遥那を止める。

「仁田さん、大丈夫って」

「さっき司さんもあわてて帰って来て、倉庫のほうにこもっとるけど」

「仁田さん、わたし本当に大丈夫やけん」

遥那に手を合わせると、結真は骨董店へと足を向ける。

暖簾をくぐると、司は小上がりの脇に置いてある机の前に座っていた。パソコンの画面の中では、品のよい老女が笑顔でしゃべっている。

「瀬戸さん」

「ああ、結真ちゃん、悪いね」

振り返った司が驚いた顔をする。

「雨に濡れた？」

「えっと、これは、話すと長くなるんで……。その人がミソノさんですか」

「うん。テレビ局の人がやっと映像を見つけてくれたよ。編集前の映像が残っていたらしい。頼みこんで、コピーさせてもらってきたんだ」

パソコンを操作して、映像を冒頭に戻すと、ミソノが背後に黒板のある教室のような場所で椅子に座り、万年筆を手にしている。

「今から二十年くらい前の映像らしいよ」

映し出されているのは、現在の隅々までくっきりとした映像よりは若干色あせていた。

『そう。これね、恋人の物やったと』

いたずらっ子のように笑うミソノは、白髪まじりの髪にパーマを当て、うっすらと化粧をしている。着ているスーツは型がだいぶ古く、時代を感じさせる。

『これね、恋人の友達からもろうたとよ。寮に残っとったって』

明るく話していたミソノがふっと顔色をくもらせた。

『医学生やけん、軍医にならされるやろうとは言いよったけど、まさか街中で死ぬとは思いもよらんやったろうね』

ミソノは一切カメラを見ていない。もしかしたら、撮影されていると気づいていないのか、それとも、ふだん通りにしてくれとでも頼まれたのか。

『生きとったら、あの人のほうが世の中の役に立っとったろうに、わたしが生き残っとるとやもん。皮肉なもんやね』

そんなことありませんよ、という相槌の声が聞こえた。カメラには映っていないが、誰かと対談でもしているらしい。

『家を出ようと決めたのは、こればもらったせいばい』

左掌にのせた万年筆を右手で撫でながら、ミソノは懐かしそうに語る。

なぜですか、という問いに、ミソノは淡い笑みを浮かべた。

『だって、被爆者だってことば隠せって両親に言われたとやもん。でもねぇ、そげんことできんやろ。あの日に起こったこと、なかったことにはできんやろ』

ミソノが窓の外に目を向ける。さっきからずっと画面の端に映っている窓からは、明るい陽射《ひざ》しと風に揺れる木の葉が見えた。

『隠して生きていきたくないと思ったら、家ば出るしかなかやろ。親とは離れるけど、仕方なかたい』

　寂しくなかったですか、と問う声に、ミソノが首を傾げた。

『ちょっとは寂しかったやろうか……。でも、ほら、働かんばやったけん。ずっと無我夢中やったしね』

　そう言ったミソノが万年筆を目の高さに持ち上げた。画面の向こうの万年筆は、預かっているものと同じものだ。

『そうそう。この万年筆ばもらったときにね、あの人から、次はこの万年筆でおまえの人生を書けって言われたような気がしたとよ。それからやね、語り部になろうと思ったとは』

　ミソノは照れくさそうに笑う。もしかしたら、女学生のときもそうしていたのだろうと想像できるほど可愛らしい笑顔だ。

『これ、使ったらだめやけんね。表に出らんって言うたけん、話しよるとやけん。やっぱり知られたくなかろ？　親との縁ば捨てた薄情者ってことは』

　映像がぷつりと途切れた。

　司が腕を組んで考え込んでいる。

「瀬戸さん。さっき依里さんと会ったんですけど……」

　依里と話したこと、彼女の反応を伝えると、ますますもって深刻そうな顔つきになった。

「結真ちゃん、こう言うのは、なんだけどね」

　司は切りだしておきながら、黙ってしまう。

「なんですか？」

「あの万年筆の捨てろって意味なんだけど――」

そこまで話したところで、骨董店の扉を力まかせに叩く音がした。

「うわ、なん？」

まるで借金取りみたいな、無遠慮で乱暴な叩きかただ。

「瀬戸さん、何か悪いことしました？」

「そんな他人《ひと》の恨みを買うようなこと……いくつかあるな」

「あるんですかっ」

司は立ち上がると暖簾をかきわけて、店に出て行く。

「開けるんですか？　刺されたらどうするんですか？」

心配になってあとを追うと、司が足を止めずに振り向く。

「刺されるほどの恨みを買った覚えは……一件くらいはあるかな」

「あるんですかっ」

司は扉の前に立つと鍵を開ける。扉を開けると、立っていたのは里桜だった。

ずいっと一歩店内に入られて、司が退く。

「大島さん、どうしましたか？」

「助けてください」

爛々と輝く里桜の目が怖い。司が面食らった顔をする。

「は？」

「依里、実家に連れていかれたんです」

「ご実家に？」

「そうです。せっかくうまくいきそうだったのに」

　里桜の瞳にうっすらと水の膜《まく》が張っている。感情が爆発しそうな様子に、結真は里桜を鎮《しず》めようとした。

「お、落ち着いてください、里桜さん」

「落ち着いてなんかいられません！　バレちゃったんです、依里が妊娠してるってことを！」

「おめでたいことでしょう、それは」

　司の合いの手に、里桜の顔が紅潮《こうちょう》する。

「めでたくなんかありません。妊娠してるの、秘密だったんだから！」

「ひ、秘密？」

　司が珍しく動揺している。

「依里の両親は、依里の彼氏が気に食わなかったみたいで、付き合うことを反対されてたんです。だから、あたしも手伝って、彼氏と逢わせてたんだけど、その彼氏も四カ月前に事故で亡くなってしまって……。相手の男が死んでるのに、依里のお腹の中に赤ちゃんがいるって伝えたら、依里の両親はまちがいなく中絶させせます。だから、あたしがかくまってたのに……！」

里桜は額にこぶしを当てて、涙をこらえる表情だ。

結真は司と顔を見合わせた。

「依里さん、わたしと会ったあと、具合が悪いって倒れかけたんです。そこを里桜さんのお母さまが通りかかって車に乗せたんですけど……」

「そのあと、あたしの母親が病院に連れて行ったんです。検査してもらったら妊娠してるって医者に言われて。あたしの母親、仰天して依里の家に連絡しちゃったんですよっ」

「つまり、依里さんが妊娠していることを知っていたのは、依里さんと里桜さんだけだったんですね」

厳しい顔で指摘する司を、里桜は怒りをあらわにしてにらむ。

「だって、そうでもしないと、お腹の子を守れないでしょ!? 依里の両親は妊娠を知ったら絶対に中絶しろって言うような人たちだし、あたしの両親は巻き込めないし！」

そして、現実は里桜の言う流れになりかけている。

「あのとき、救急車呼ばないでって依里さんが言ってたのは、そういう理由だったんですね……」

結真は奥歯を噛みしめた。

「あと、二週間だったのに……！」

里桜が顔を覆う。

「もしかして、依里さんは妊娠二十週目ですか？」

司が険しい表情で確認すると、里桜が顔を隠したままうなずいた。

意味がわからなくて司を見上げると、察したのか額を押さえて言う。

「結真ちゃん……妊娠二十二週を過ぎたら、妊婦側の申し出で中絶はできないと法的に定められているんだよ」

結真は顔が熱くなった。

「……すみません、無知で」

そんな大事なことを知らなかったのが恥ずかしい。

ともあれ、考えを巡らせれば、依里と里桜の企《たくら》みがわかった。

「……時間稼ぎをしてたんですね」

里桜が自分の家に居候させることで依里の妊娠を隠し、二十二週目が過ぎるまで秘密にしようとしていたわけだ。

「あまり感心できないやり方だと思いますよ、そんな大事なことを周囲に隠しておくのは」

という司の指摘はもっともだった。

「あたしだって、秘密にしなくていいなら、秘密になんかしたくありません！」

悲鳴のように叫んだあと、里桜は肩を落としている。結真は一歩近づくと、彼女の肩を抱いた。

「里桜さん」

「……助けてください」

顔を上げた里桜が司を凝視している。

「僕は赤の他人です」

司はやんわりとした口調で拒絶する。

「でも、もう誰もいません、助けてくれる人が」

「ご家族のことについて、赤の他人の僕が口を出すことはできません」

司の反論を聞いても、里桜はやめない。

「依里は、ずっと両親に抑圧されてきました。親に捕まったら、ふたりの言うとおりにするに決まってます」

「……なぜ僕に頼るんですか?」

司が困り果てたように額を押さえた。

「前、言ってましたよね。古い物の声が聞こえるって。今の持ち主と昔の持ち主の想いが重なったら古い物は語りだすんだって。それはつまり、依里の心の叫びが聞こえるってことでしょう?」

里桜のすがるような言葉に、結真は頭を殴られたような気になった。

(そういうことだ……)

何度も聞かされたのに、今やっと、胸の奥にはっきりと突き刺さった。

司が聞いているのは、物の声でなく今を生きる人間の悲鳴なのだ。

身じろぎをためらうほどの沈黙のあと、司はひとつ息を吐いた。

「……わかりました。明日の朝、依里さんのお宅に行きます」

はっきりと口に出された約束に、結真はぎょっとした。家族の関係に首を突っ込むつもりなのだろうか。

「助けてくれるんですね⁉」

里桜が期待に満ちた顔をする。

「僕が助けるんじゃありません。依里さんを助けるのは、依里さん自身です」

「え？」

当惑したような里桜に、司は大きくうなずく。

「そして、依里さん自身も本当はわかっているはずです。自分を助ける手段を」

確信に満ちた発言に、結真と里桜は当惑のまなざしを交わし合うしかなかった。


今すぐ助けに行かなきゃとか、行ってくれとか要求する里桜をなだめて帰した翌日、結真は朝から司が運転する車に乗っていた。

「モグリの医者に中絶されたらどうするんだとか、里桜さんは漫画の読み過ぎですよね」

時刻は朝の八時だ。高速から下りて合流した国道三十四号線は常に交通量が多いのだが、朝は出勤する車が連なるせいで、なかなか進まない。

「長崎みたいな田舎《いなか》にいるわけないんだけどね、そんな医者。まともに医者やったほうが儲《もう》かるだろうから」

司は昨日もそう言って里桜をなだめていた。

「東京だったら、いそうですけどね」

「まあ、東京は田舎じゃ成り立たないような職業が成り立つからね。人口が多いから」

「そうですよね。なんか、風俗店もバラエティに富んでるし」

「あれだけ人口がいれば、少数派の趣味でも需給が成立するんだよ」

朝から何を話してるんだ、という雑談をしているが、正直、ものすごく緊張していて、血の気が引いていきそうだ。

（どうするつもりなんやろう……）

車のカーナビには、依里の家の住所が打ち込まれている。

長崎市に隣接する諫早《いさはや》市に依里の家はあるのだという。

すぐに信号に捕まるのろのろ運転状態でも、確実に依里の家に近づいている。そのことを考えると、指先が冷たく感じられる。

「……本気で依里さんのご両親と話し合うんですか？」

勇気を振り絞ってたずねると、司がちらりと視線を投げた。

「僕の言葉なんか、依里さんのご両親には、なんの影響も及ぼさないよ」

「なら、どうして引き受けるんですか？」

依里の両親を説得しないなら、なぜ里桜の頼みを受け入れたのか。

「……依里さんは認めないといけないよ、自分の心の声を」

「え？」

「本当は悟ってるんだから」

流れに乗って車がスピードを上げるので、結真は話すのを止めて外を眺める。コンビニやファミレスといったありがちな郊外の風景が流れていく。

「それより、結真ちゃん、別に来なくてもよかったんだよ」

自分でも認識している事実ではあるので、一応考えを表明しておく。

「心配なんですよ、瀬戸さんが依里さんのご両親に殴りかかったら止めなきゃとか考えているんです」

「殴りはしないけど」

「じゃあ、殴られたら大変でしょう!?」

「殴られたら殴られたで、こっちの有利に持っていけるし」

「とりあえず、何かあったら通報する人とかいるでしょう!?　わたし、通報役になりますから」

「なるほど」

他人事のように言われ、少しだけ寂しくなる。

「本当に心配してるんですから」

「じゃあ、何か起こりそうだったら、写真を撮っといて」

カーナビの案内に従って大通りをそれた車が向かうのは、山手にある住宅地だ。案内どおりに走っているが、いざ住宅地に入ってしまうと似たような家が建ち並んでいるせいで、迷ってしまいそうだった。

「どこかな」

「わりと大雑把《おおざっぱ》ですよね、このカーナビ」

目的地周辺ですと言って、案内を打ち切ってしまった。

「降りて探すしかないかな――」

と言った司が出し抜けにブレーキを強く踏む。

車の動きを予想していなかった結真は、身体でまともに揺れを受け止めてしまった。

「ちょ、瀬戸さん――」

抗議しかけたが、司が車を降りたので、あわてて彼のあとを追う。

斜め前には集合住宅地でよく見られる二階建ての家があった。薄黄色の壁と焦げ茶色の重厚な扉を備えた家屋の前には駐車場があり、依里が中年の男に車の後部座席に乗せられようとしている。

「依里さん」

まったくためらわずに声をかける司を見て、結真はぎょっとした。

「知り合いね、依里」

と依里を振り返ったのは、助手席の扉を開けている中年の女だ。

（たぶんあの人が母親だよね）

依里を車に乗せようとしているのは、父親なのだろう。

どこに出かけようとしているのかは不明だが、中絶の限界が近づいていることを考えると、あまりよい想像はできない。

（この状況、嫌すぎる……）

極度の緊張で身体が震える。司が平然としているのが信じられないくらいだ。

「依里さん、遅くなって、すみません」

怪訝そうな顔をする依里の両親には一切かまわず、司は依里だけを見つめている。

「ミソノさんが残した万年筆が何を捨てろと語っているのか、やっとわかりました」

依里が目を見張った。

「あんた、いったいどこの誰――」

「ミソノさんは自分の人生を生きるために、親との縁を切りました。つまり、親を捨てたんです。あの万年筆が語る〝捨てろ〟は、親を捨てろということです」

淡々《たんたん》と言われた言葉だが、スマートフォンを取り出そうとショルダーバッグに入れた結真の手を止めるには十分だった。

今すぐに車の中に逃げ込みたいほどの気まずい空気を、司はものともしない。

「依里さん。あの万年筆は、ミソノさんの想いだけを語っているんじゃありません。あなたの想いも語っているんです」

依里の身体が小刻みに震えている。真っ青な顔色は、今にも倒れそうだ。

「あんた、いきなりなん言いよっとね。失礼にもほどがあるやろ」

中年の女が毒づくのも当然だ。これまでの経緯を知らないのだから、司は突然あらわれて意味不明なことを言う変質者だろう。

(どうしよう、これ……)

どうやったら収拾がつけられるか、皆目見当がつかない。

「依里さん、答えは自分の中にあるはずです。自分の声を聞いて、決めるんですよ」

司は震える依里だけを見て言う。第三者が何を思おうが、考えようが、どうでもいいというように。

「……君は何を言ってるんだ」

苦虫を嚙みつぶしたような顔をして、依里の父親が近寄って来る。目の前に立たれても、司の表情には一片の変化もない。

「君が誰か知らないが、うちのことに関わらないでくれ」

双眸に軽蔑を宿して、依里の父親は言い放つ。

『依里の父親、校長なんよ』

里桜の発言を思い出す。

『世間体が一番大事って人やけん』

銀縁の眼鏡が知的な依里の父親には、司は世の平穏を乱す異物に見えるだろう。

「僕が調査の依頼を受けたのは、依里さんからです。今回は調査の報告に来たまでですよ」

ふてぶてしく言い放つ司に、依里の父親は頬を引きつらせる。

「他人の家庭のことに口を出す権利が君のどこにある」

「僕はそちらのご家庭のことに口を出しているわけではありません。依里さんに依頼の報告をして、これからは自分で決めてくれ、と言っているだけです」

司はまったく怯まない。空気がどんどん険悪になるから、結真はそっとスマートフォンを取り出した。

「自分で決める？　依里は自分ひとりじゃ生きられない頼りない人間だ。何を自分で決めるというんだ」

依里の父親の発言に啞然《あぜん》とした。もう二十歳を過ぎた娘をまだ幼子扱いだ。

「……依里さんと話し合いをしましたか？」

司の問いに、依里の父親は怪訝そうな顔をした。

「話し合い？　そんなもの、する必要はないだろう」

結真はスマートフォンのカメラを起動しながら、息を止めた。

（ずっとこんな感じやったんやろうか……）

話し合いをしてくれない、そんな状態だったら、里桜の危機感もわかる。

里桜と依里が妊娠を隠してきたのは、妥協の余地なく中絶を強制されると危ぶんだからなのだ。

「大切なことですよね？」

司の問いに、依里の父は苛立ちをあらわにする。

「だから、君には関係ない」

「確かに関係ありませんが、一言いいですか？　依里さんがあなたのお嬢さんだとしても、一個人として、その意思は尊重されるべきです」

「ひとりで生きていけないのに、なんで意思を尊重してやらないといけないんだ！」

依里の父親は唐突に憤激《ふんげき》すると、司のシャツを摑んだ。

「……僕を殴るのはかまいませんが、社会的に不利益をこうむるのは、あなたのほうですよ」

今にも殴りそうな相手を見据えて、司は堂々としている。

スマートフォンをかまえた依里を視界の端に捉えたのか、依里の父親は忌々《いまいま》しげに手を離した。

「依里、あの人たちに帰ってもらいなさい」

依里の母親は依里の隣に移ると、彼女の肩を抱いて説得している。

「お母さんとお父さんが、あんたの一番の味方やろ？　あんなおかしなこと言う人たちの話ば聞いたらいかん」

肩を揺すられても、依里はまったく反応を返さない。

「依里、あんたはまだわかっとらん。苦労するとはあんたやろ。父親のおらん子なんか産んでどうするとね。あんたの将来ば考えたら、お母さんたちの言うことば聞いとくとが一番よかとやけん」

反応しない依里に焦《じ》れたのか、依里の母親の声が甲高くなる。

「依里、あんたの幸せのためなんよ」

肩を揺すられた直後、依里の形相が変わった。

怒りを剝《む》きだしにすると、母親の手を撥《は》ねつける。

「依里？」

「わたしの幸せのためじゃなか！　あんたたちのためやろ！」

依里の声に宿るのは、憎しみだ。自分の人生を勝手に決めつける人間への、こらえきれない反発だ。

「今までわたしの話ば聞いてくれたことある⁉　ピアノば習いたいと言っても駄目って言った。県外の大学に出たいって言っても駄目って言った。運転免許取りたいって言っても駄目って言った。全部、駄目って言ってばかりやん！」

子どもみたいに今までの不満を爆発させる様子を見て、結真は面食らう。

（ずっと怒りが溜まってたんだ……）

マグマのように噴出する感情に、たぶん言葉が追いついていない。

「その上、子どもまで盗ると⁉　もう二度とこの子ば妊娠できんとに⁉」

憎悪の感情をまき散らされて、両親のほうが呆然としている。

おそらく、こんな反応をされるなんて、想像すらしなかったのだ。

「依里、子ども盗るんじゃなか。あんたの将来のために――」

肩にかけようとする母親の手を、依里は汚いもののように再度撥ねつける。

「……捨てるけん」

「依里？」

「あんたたちなんか、捨ててやる！　わたしの人生ば邪魔するだけの人間なんて、親じゃなか！」

依里はそこまで叫ぶと、糸の切れた人形のようにその場にしゃがみこみ、顔を手で覆って嗚咽《おえつ》を漏らし出す。

曇り空の下、静かな住宅街に、依里の号泣だけが響き渡っていた。


七月も半ばを過ぎて、長崎は梅雨明けが宣言された。紫陽花の季節は終わってしまったのだ。

すでに酷暑《こくしょ》と表現したくなるその日、結真は原爆資料館から出た瞬間、外の熱さに心がくじけそうになった。

「溶ける……」

コンクリートの地面からむわっと熱気が漂ってくる。

雲ひとつない空で、黄金《こがね》色の太陽がこれでもかとばかりに放熱していた。

「熱いね」

あとから出てきて結真と並んだ司がげっそりとした顔をする。クーラーが効いていた建物から出る瞬間は、最高に憂鬱だ。

「あの万年筆、いつか飾られるんですか？」

「展示品の入れ替えのときに飾ってもらえるんじゃないかな」

ミソノの万年筆をどうするかという話になったとき、司が依里と里桜のふたりに提案したのだ。原爆資料館に寄贈をするという手があると。

ふたりが賛成をしてくれたので、司は顔見知りの学芸員に万年筆を預けにきた。それが今日だったのだ。

「ミソノさんは語り部だったから、それも合わせて紹介できるし」

「あ、そうですね」

ミソノが語り部を始めたのは、あの万年筆を手に入れてからだ。あの万年筆には、ひとりの人間の人生を変えた物語が詰まっている。

「よかったです。依里さんもなんとかやっていけそうだし」

あの日、依里を里桜のもとに連れ帰ると、ふたりは抱き合って泣いていた。

里桜は依里をこれからもずっと支えると言ったとおり、自分の実家に連れて帰ると、両親に依里が赤ちゃんを産んで落ち着くまで力を貸してほしいと頼んだらしい。

『でも、ずっと実家を頼ってられんしね。依里が赤ちゃん産んで働きだしたら、ふたりで引っ越そうかなって思って』

一古堂に来た里桜と依里は、そんな計画を話してくれた。

『あたしの母親さ、もうめっちゃ楽しみにしてんだよ、依里の赤ちゃん。おくるみとか色々用意しだしてさ。産婦人科の送り迎えもしてるし』

『叔母さん、本当によくしてくれて、申し訳なか』

『ほっとかんね、初孫フィーバーやけん。あたしに気配がないから、依里で先に楽しんどけって思ってるよ、きっと』

里桜はため息をつきながらアイスコーヒーのストローを口に咥《くわ》えていたが、なんとかうまくいきそうでよかったと結真は心からほっとした。

「……そういえば、瀬戸さん、昨日手紙書いてましたよね」

宛名が依里の実家だったので、気になったのだ。

「ああ、お詫びの手紙を送ったんだよ」

「お詫び……」

目を丸くした。正直、司が書く意味がわからない。

「なんで、瀬戸さんが？」

「いや、先般《せんぱん》は突然押しかけて失礼をいたしましたってことをね」

「はぁ」

司は祖父の代からの常連客には、毛筆でお礼状を出している。一度見たことがあるが、驚くほどの達筆だった。

「依里さんの将来を思って見守ってほしいってことを書いたかな」

「瀬戸さんが、ですか?」

「まだ本人たちは冷静じゃいられないだろう」

そう言われて、深くうなずいた。

特に依里にとっては避けたいに違いない。今まで抑えてきた軋轢《あつれき》を浮き彫りにしたのだ。どちらも、しばらくは顔を合わせられないだろう。

「あと、娘さんの決断を尊重してくれってことかな」

「……親を捨てろって決断をですか?」

たぶん、依里は親に抑圧されてきたことに怒りを溜めていた。けれど、同時に親との絆を切れないとも考えていたはずだ。兄や恋人を亡くした依里が自《みずか》ら親との縁を切ることに葛藤《かっとう》していたのは、当然といえば、当然なのだ。

「違う。子どもを産むっていう決断だよ」

「あ、そうですね」

「今はまだ依里さんを受け入れる気にはなれないだろうけど……」

司はいったん地面に目を落としたあと、結真を見た。

「和解できるなら、したほうがいいと思うんだ。親子だし」

司の言葉に息が止まる。

(和解……)

もしも父親が帰って来て、和解できるだろうか。赦せないと思ってきた男を受け入れられるだろうか。

親子だからそうしたいという甘ったるい感傷を拒否する思いが確かにある。

「……そうですね」

結真はうつむくと、日傘をさした。泣きそうになる顔を見られたくなくて、足を踏み出す。数歩歩いただけで汗が噴きだしそうな、猛烈な暑さだ。

「結真ちゃん、アイス奢《おご》ろうか」

「アイス?」

結真を追いかけてきた司が生真面目な顔でうなずく。

「いや、結真ちゃん、チリンチリンアイス好きだろう。あのときも、お金探し回るくらい、食べたそうだったし」

「いや、あれはですね!? 食べたいっていうか、食べたかったですけど、注文したのに小銭がないのが、申し訳なかっただけですからね!?」

そんなに好きだと思われたら困る。ていうか、どんだけチリンチリンアイス好きだと思われているのか。

「平和公園に屋台が出てるよ。ここからなら近いけど」

「知ってますけどね、いや、だからいいですって」

「ちょっと歩けばつくよ」

「いや、だから、どんだけアイス好きだと思ってるんですか」

「アイス食べて、元気になればいいいよ」

司の一言がまた胸に刺さる。

わかったのだろうか、父親を想像したことを。捨てきれないわだかまりの存在を。

「……嫌ならいいよ。僕が結真ちゃんにアイス食べさせたいだけだから」

なんだそれ、と笑いだしたくなる。アイス食べさせたいって、大人の台詞《せりふ》としてどうなんだ。

（でも、うれしい……）

誰かが自分を気にかけてくれる。その気持ちを、結真は素直に味わうことにする。

「……わかりました。アイス奢ってください」

結真の返事を合図に歩き出したが、すぐに司がうんざりと空を見上げた。

「しかし、暑いね」

「瀬戸さんが言ったんですよ、奢るって」

「うん、言った……言ったけど、この暑さなら、三つくらい食べられるんじゃないかな、結真ちゃんは」

「食べませんよ、そんなに！」

ふたりで坂を歩きながら、軽口を叩きあう。

じりじりと焦げるような暑さだが、足取りはなぜか軽くなっていた。

※この作品はフィクションです。実在の人物・団体・事件などにはいっさい関係ありません。

集英社オレンジ文庫をお買い上げいただき、ありがとうございます。
ご意見・ご感想をお待ちしております。

● あて先
〒101-8050　東京都千代田区一ツ橋2-5-10
集英社オレンジ文庫編集部 気付
日高砂羽先生

長崎・眼鏡橋の骨董店
店主は古き物たちの声を聞く
集英社
オレンジ文庫

2018年7月25日　第1刷発行

著　者　日高砂羽
発行者　北畠輝幸
発行所　株式会社集英社
〒101-8050東京都千代田区一ツ橋2-5-10
電話【編集部】03-3230-6352
【読者係】03-3230-6080
【販売部】03-3230-6393（書店専用）
印刷所　凸版印刷株式会社

※定価はカバーに表示してあります

ISBN 978-4-08-680202-4 C0193